诗意春秋伴入眠

——诗话故事

司　聃 编著

全国百佳图书出版单位
时代出版传媒股份有限公司
黄　山　书　社

图书在版编目(CIP)数据

诗意春秋伴入眠——诗话故事 / 司聃编著. — 合肥：黄山书社，2015.7
（古典新读·第2辑，中国古代的诗书意趣）
ISBN 978-7-5461-5153-3

Ⅰ. ①诗… Ⅱ. ①司… Ⅲ. ①诗话-中国-古代 Ⅳ. ①I207.22

中国版本图书馆CIP数据核字（2015）第175729号

诗意春秋伴入眠——诗话故事
SHIYI CHUNQIU BANRUMIAN SHIHUA GUSHI
司聃 编著

出 品 人 任耕耘
总 策 划 任耕耘 蒋一谈
执行策划 马 磊
项目总监 高 杨 钟 鸣
内容总监 毛白鸽
编辑统筹 张月阳 王 新
责任编辑 侯 雷
图文编辑 王 屏
装帧设计 李 娜 李 晶
图片统筹 DuTo Time
出版发行 时代出版传媒股份有限公司（http://www.press-mart.com）
黄山书社（http://www.hspress.cn）
地址邮编 安徽省合肥市蜀山区翡翠路1118号出版传媒广场7层 230071
印 刷 安徽联众印刷有限公司
版 次 2016 年 1 月第 1 版
印 次 2016 年 1 月第 1 次印刷
开 本 710mm × 875mm 1/32
字 数 127千
印 张 5.25
书 号 ISBN 978-7-5461-5153-3
定 价 26.00 元

服务热线 0551-63533706
销售热线 0551-63533761
官方直营书店（http://hsssbook.taobao.com）

前言

所谓诗话，是指既评论诗歌、诗人、诗派，也记录诗人故事的著作，这是中国古代一种独特的论诗的文体。诗话有狭义与广义之分，蔡镇楚先生曾这样定义：狭义的诗话，即是诗歌故事；广义的诗话，是指中国诗歌鉴赏、诗歌批评的主要著作形式。

诗话在宋朝蓬勃发展，据郭绍虞《宋诗话考》记载，现存完整的宋人诗话有 42 种；部分流传下来，或本无其书而由他人纂辑而成的有 46 种；已佚，或尚有佚文而未及辑者有 50 种，合计 138 种。不光宋代有大量的诗话作品，明、清两代诗话作品的数量亦是十分可观。

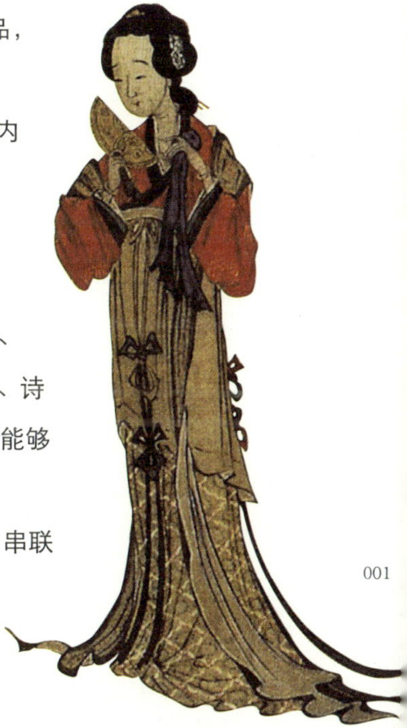

面对浩如烟海的诗话作品，如何在众多内容中选取出合适的诗话作品便显得十分重要。《历代诗话故事》从诗话所阐述分析的诗歌内容入手，以宋代阮阅《诗话总龟》的分类为基础，将历代诗话故事分为寓情、佳人、知遇、忠义、留题、寄赠、宴游、神仙、苦吟、评赏、诗史、博识、讽喻、体物、声律等十余类，以期能够对诗歌本事、评论、考据等皆有所解读。

本书在各门类的诗话中，结合具体诗歌，串联历代诗话作品，细述此类诗话特点。本书的特点是不侧重写诗之法，不止着眼于叙述大诗人，也兼举一些小诗家为例，以期最大限度地介绍诗话作品。编者之旨，不在于表达自己的诗学主张，而在于对诗作、诗事、诗话“类而从之”，兼有对诗话的详细解读与对诗歌的鉴赏。

本书所引诗话出自多部诗话著作，如《诗话总龟》、《历代诗话续编》、《古今诗话》、《西清诗话》、《漫叟诗话》、《韵语阳秋》、《桂堂诗话》、《逸老堂诗话》、《观林诗话》、《怀麓堂诗话》、《六一诗话》、《巩溪诗话》、《优古堂诗话》、《刘贡父诗话》、《升庵诗话》、《苕溪渔隐诗话》、《容斋诗话》、《瓯北诗话》、《杜工部诗话》、《全唐诗话》、《王直方诗话》、《随园诗话》、《姜斋诗话》、《逸老堂诗话》、《诗镜总论》、《彦周诗话》、《东坡诗话》等，均为中华书局本。此外，古代大量笔记小说中皆有诗话记载，本书亦节选《拾遗》、《云溪友议》、《北梦琐言》、《南部新书》等笔记小说中的诗话内容，以期更丰富全面地展现诗话作品的多样性。

目录

世间唯有情难诉——寓情诗话

长安水边多丽人——佳人诗话

报君黄金台上意——知遇诗话

凝碧池头奏管弦——忠义诗话

崔颢题诗在上头——留题诗话

从此萧郎是路人 ——寄赠诗话

宾客往来亦风流——宴游诗话

芙蓉城主为鬼仙——神仙诗话

语不惊人死不休——苦吟诗话

此诗可以泣鬼神——评赏诗话

诗史互证有裨益——诗史诗话

天下名物皆可辨——博识诗话

嬉笑怒骂皆文章——讽喻诗话

体物精微寓寄托——体物诗话

大珠小珠落玉盘——声律诗话

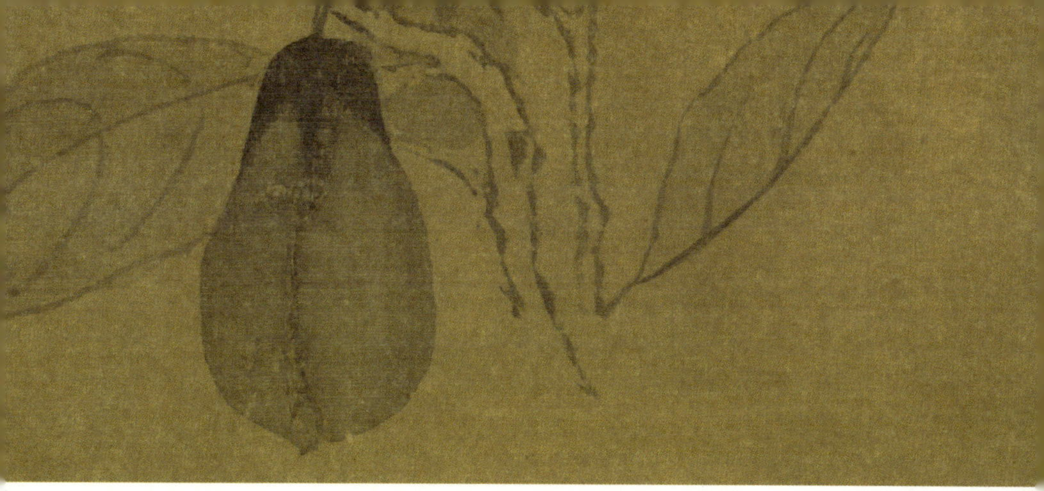

世间唯有情难诉——寓情诗话

爱情是人类文明史上一个永恒的主题，对文学来说亦是如此。爱情在文学作品中比比皆是，每每打动人心。表现爱情的文学形式多种多样，但最为直接精练的无疑是诗歌。爱情没有固定的模式，既有欢愉之情，也有分离之苦，既有重逢的喜悦，也有错过的惆怅。因此，诗人笔下的爱情也千姿百态，或是对美好往昔的追忆，或是对内心郁结的抒发。历代诗话中也记载了许多关于爱情诗歌的故事与传说。

人面桃花相映红

博陵崔护，姿质甚美，而孤洁寡合。举进士下第。清明日，独游都城南，得居人庄。一亩之宫，而花木丛萃，寂若无人。扣门久之，有女子自门隙窥之，问曰："谁耶？"以姓字对，曰："寻春独行，酒渴求饮。"女入，以杯水至，开门，设床命坐，独倚小桃斜柯伫立，而意属殊厚，妖姿媚态，绰有余妍，崔以言挑之，不对，目注者久之。崔辞去，送至门，如不胜情而入。崔亦睠盼而归，嗣后绝不复至。及来岁清明日，忽思之，情不可抑，径往寻之。门墙如故，而已锁扃之。因题诗于左扉曰："去年今日此门中，人面桃花相映红。人面只今何处去，桃花依旧笑春风。"后数日，偶至都城南，复往寻之，闻其中有哭声，扣门问之，有老父出曰："君非崔护耶？"曰："是也。"又哭曰："君杀吾女。"护惊起，莫知所答。老父曰："吾女笄年知书，未适人，自去年已来，常恍惚若有所失。比日与之出，及归，见左扉有字，读之，入门而病，遂绝食数日而死。吾老矣，此女所以不嫁者，将求君子以托吾身，今不幸而殒，得非君杀之耶？”又持崔大哭。崔亦感恸，请入哭之。尚俨然在床。崔举其首，枕其股，哭而祝曰：“某在斯，某在斯。”须臾开目，半日复活矣。父大喜，遂以女归之。

——（唐）孟棨《本事诗》

唐人孟棨的《本事诗》所记皆唐朝诗人及诗歌作品的逸事典故，很多著名的诗篇、故事和唐人佚诗都是因为此书才得以流传。书中所载诗人崔护《题都城南庄》的故事是其中流传最广的一个。崔护是唐德宗贞元（785—805）年间的诗人，字殷功，博陵人，其诗风精练婉丽，语言清新，诗作中尤以《题都城南庄》最为脍炙人口。这首诗还被人附会出一段美丽的爱情故事。

版画《桃花人面》

崔护参加进士考试未考中，清明节那天在京城南郊独自漫游，发现一座庄园，花木丛生，十分幽静。他去敲门敲了很久，有个姿容艳丽的少女从门缝偷看他，崔护向她求杯水喝。少女拿水给他，并且开门请他进来坐下，而自己斜倚着开花的小桃树相陪。崔护想和她攀谈，她却不答话，二人相互注视了很久。崔护告辞时，少女送到大门口，二人依依不舍地分别了。第二年清明节，崔护忽然想念起那个女子，前去找她，却看到那座院落的大门已经上锁。崔护于是在左边的门上题了一首诗："去年今日此门中，人面桃花相映红。人面只今何处去，桃花依旧笑春风。"又过了几天，崔护偶然到京城南，又去寻找那户人家，却听见院里有哭声，忙上前敲门询问。有个老汉出来说："您是崔护吗？"崔护回答："是我。"老汉哭着说："您害了我的女儿啊！"崔护非常吃惊。老汉说："我女儿还未许配人家，从去年以来就经常恍恍惚惚。前一天她出门，回来时看见门上有字，读完就一病不起，吃不下饭几天后死了。莫不

皮影戏《人面桃花》

是您杀了她吗！”老汉说完抓住崔护痛哭失声。崔护也十分悲痛，请求进屋内哭她一回。女子还整齐地躺在床上。崔护抬起她的头，哭着说：“我在这里！”没想到女子竟然死而复生。老汉十分高兴，就把女儿嫁给了崔护。

这个故事带有浓厚的奇幻色彩，当然是后人附会而成的传奇。孟棨之所以要为《题都城南庄》安排这样的生死恋情，与此诗本身带有极强的情节性与戏剧性分不开。这是一首即兴诗，字面上似乎只描绘出两个简单的画面——与桃花相映着的人面，人面去后的桃花。但是，由于人物的活动贯串其间，画面里的桃花与画面外的诗人对比、映衬，巧妙地显示了人物感情的发生、发展和起伏跌宕的变化，既有初遇的脉脉含情，别后的相思，也有深情的重访、未遇的失望等等。

偶然邂逅的一见钟情，是古代恋情的常态，早在《诗经•野有蔓草》中就有“邂逅相逢，适我愿兮”的诗句，希冀可以遇见一位美人并与之相爱。崔护的诗中亦有这种情怀。不同的是，他邂逅佳人却又错过佳人，最终人面不知何处去，成为历久难弥的遗憾。人生中总会遇到这样的情感体验，在不经意的情况下遇到一个令自己心有所属的人，但若有意追寻却再也找寻不到，令人怅然。于是，美丽的回忆中带着隽永的悲伤。

南宋评论家魏庆之对这首诗十分推崇，认为其工整清隽、韵味悠长。他在《诗人玉屑》中说：“唐人虽小诗，必极工而后已。所谓句锻月炼，信非虚言。”而孟棨却对诗歌中的情本体进行了探究，并根据诗意写出诗话故事，将女子描绘为美丽而至情之人，为情死去，又因爱重生，足见情深之至。爱情故事本身便极为吸引大众，诗话中死而复生的神话无疑更将此诗进一步推广，加速了它的流传。相比彩云易散琉璃易碎的残缺之美，大团圆式的爱情无疑更令人心

生欢喜。这与明末清初的小说皆以才子佳人相恋为题，中间虽历经波折，最终都长相厮守有异曲同工之妙。

正是因为诗话对《题都城南庄》这段诗歌进行故事补充，才令崔护的这首诗具有经久不衰的艺术生命力。唐诗中那个长安城南桃花树下的女子，在时光荏苒中永远动人。元代白朴、尚仲贤留有《崔护求浆》杂剧，明代孟称舜有《桃花人面》杂剧，均取材于此。20世纪20年代初，现代戏剧家欧阳予倩又将其改编为完整的京剧《人面桃花》，广受好评。自崔护的诗流传之后，仲春时节的桃花便与女子和邂逅隽永相连，再难挣脱。

昔日依依章台柳

韩翃少负才名，邻居有姓李者，每将倡妓柳氏至其居，必邀韩同饮。愈熟，柳每窥所往来皆名人，因乘暇语李曰：“韩秀才甚贫，然所与游必时贤，是必不久困，宜假倚之。”李深然之，具酒，邀韩至，谓韩曰：“公，当今名士；柳，当今名色。名色配名士，不亦可乎？”遂命柳与韩，韩恳辞。李曰：“大丈夫相遇杯酒间，一言道合，尚相许以死，一妇人何足辞？夫子贫，柳资数万，可以取济。”长揖而去。韩辞之，柳曰：“此豪达者，昨暮具言之矣。”俄就柳归。来岁成名，淄青节度使辟为从事。韩以世方扰，不敢以柳同行，置之都下，期至而迓之。三岁不果，寄之诗曰：“章台柳，章台柳，昔日依依今在否？纵使长条拂地垂，如今攀折他人手。”柳答曰：“杨柳枝，芳菲节，可惜年年赠离别。一叶随风忽报秋，纵使归来不堪折！”

——（宋）阮阅《诗话总龟》

《诗话总龟》是宋人阮阅编撰的诗话集，共十卷，成书于宋徽宗宣和（1119—1125）年间。作者之旨在于对各种杂著中的诗作、诗事、诗话“类而从之，以便观阅”，为后人研究宋诗提供了极为丰富的资料。

书中所载韩翃与柳氏的故事，出自唐代陈翰的《异闻集》。韩翃字君平，南阳（今河南南阳）人，是唐代著名的诗人，“大历十才子”之一。他年少时便才华横溢，曾写下著名的《寒食》：“春城无处不飞花，寒食东风御柳斜。日暮汉宫传蜡烛，轻烟散入五侯家。”据说唐德宗曾亲点要他当知制诰，但当时另有一个官员与他同名，中书省请问是哪个韩翃，德宗说就是写“春城无处不飞花”的韩翃，可见他在当时就名闻一时。天宝（742—756）年间，韩翃羁滞长安，邻居李生常带着歌伎柳氏去他的处所，共同饮酒欢会。柳氏发现与韩翃往来的都是名人，料定他日必成大器，便芳心暗投，托李生将自己许配给韩翃。韩翃当时是一介穷书生，而柳氏有资财数万，常常接济韩翃。后来，韩翃被淄青节度使授予从事一职。因惧怕世事纷乱，韩翃不敢带柳氏同去淄青镇，只好将柳氏安置在长安城中，并说好一切安置停当，便来接她。未料安史之乱爆发后，政局久久不得平静，韩翃与柳氏失去了联系。三年后，韩翃辗转打听到柳氏还在长安城，便寄诗一首：

章台柳，章台柳，昔日依依今在否？
纵使长条拂地垂，如今攀折他人手。

诗中意在问她现状如何，对自己的心意是否如旧。柳氏回诗一首，用词婉转，语调哀怨，暗示了自己所遭遇的不幸：

杨柳枝，芳菲节，可惜年年赠离别。
一叶随风忽报秋，纵使归来不堪折。

不久，柳氏被胡人将领沙吒利劫走，纳为妾室。韩翃入觐京师乃知其事。后来唐肃宗得知此事，下诏将柳氏还归韩翃，二人终得破镜

重圆。

韩翃在诗歌开头使用的叠句似叮咛，又似呼告，仿佛是在柳氏的耳边呢喃。“章台”本是战国时所建的宫殿，以宫内有章台而得名，在今长安县故城西南隅，台下有街名章台街，后来以“章台”借指长安。“章台柳”即暗喻长安柳氏。“往日依依今在否”看似是对柳氏现状的疑问，其实自己已有心理预期：乱世中的美貌女子如柳氏者，极难安身，即使她的美丽仍如旧时一般，但想必也早已被他人所占有，不可能对自己情挚如初了，思之已泪垂矣。

柳氏回复亦十分巧妙，自比为“杨柳枝”，既是姓氏的双关语，又与韩翃诗中的“章台柳”暗语遥映。“年年赠离别”是对韩诗“往日依依”的回应，自己韶华已逝，不复旧时风神，秋风吹来凋零成衰柳，即使恋人归来欲再续前缘，自己也已不堪攀摘。诗中暗含难言之隐，却不流于外，深沉凝重又含蓄不尽。

明代诗评家胡应麟只欣赏韩翃的七绝，而当代学者施蛰存在《唐诗百话》中则引《寄柳氏》一诗，觉“诗意较为深隐”，对之赞赏有加。

韩翃才华横溢却“甚贫”，是布衣出身的文人。古代读书人众多，而真正飞黄腾达者，确是少之又少，即使冠盖满京华者，亦有士不遇的少年时期。诗话中的韩翃，便是处在并未声名显赫的时期。而柳氏亦十分特殊，与《虬髯客传》里识李靖于草莽之中的乐伎红拂有极大的相似之处。

诗话所记载的这则爱情无疑契合了古代读书人的心理，文人为稻粱谋，即使才华横溢者亦有可能时运不济，有貌美女子对自己青眼有加，便成了他们的精神安慰，因此也更能理解诗中流露出的悲伤。柳氏虽是倡家出身的女子，但其美貌、慧眼识人、用自己的积蓄资助恋人，因此对于韩翃来说，并非只是恋人，亦是知他懂他的解语花，是识他于布衣之中的伯乐。

诗话中恋人的离别亦有典型时代色彩。乱世之际，游宦之风盛行，读书人为了寻求出路，不得不背井离乡，安史之乱时期的韩翃亦如是。“游子不顾返”并非是已经与恋人两两相忘，而是因为“道路阻且长”。这种离别又为诗歌更添几分无奈与悲凉，不仅有离别之情，更兼身世之感。在诗话故事的映衬下，情诗更显伤感难诉，成为千古绝唱。不仅如此，“章台柳”一词也成了古代文学中最著名的意象之一。韩翃诗中的章台柳本指柳氏，但因这则诗话流传甚广，所以，“章台柳”在后世便成了那些身世飘零的不幸女子的代称，常用来代指娼妓。

破镜重圆从古有

陈太子舍人徐德言之妻，后主叔宝之妹，封乐昌公主，才色冠绝。时陈政方乱，德言知不相保，谓其妻曰：“以君之才容，国亡必入权豪之家，斯永绝矣。倘情缘未断，犹冀相见，宜有以信之。”乃破一镜，人执其半，约曰：“他日必以正月望日，卖于都市，我当在，即以是日访之。”及陈亡，其妻果入越公杨素之家，宠嬖殊厚。德言流离辛苦，仅能至京，遂以正月望日访于都市。有苍头卖半镜者，大高其价，人皆笑之。德言直引至其居，设食，具言其故，出半镜以合之，仍题诗曰：“镜与人俱去，镜归人不归。无复嫦娥影，空留明月辉。”陈氏得诗，涕泣不食。素知之，怆然改容，即召德言，还其妻，仍厚遗之。闻者无不感叹。仍与德言陈氏偕饮，令陈氏为诗，曰：“今日何迁次，新官对旧官。笑啼俱不敢，方验作人难。”遂与德言归江南，竟以终老。

——（唐）孟棨《本事诗》

鸳鸯蜂蝶纹菱花镜（唐）

在爱情故事中，“有情人终成眷属”式的大团圆结局无疑是世人皆渴慕的，而乱世中的小儿女却没有这般幸运，遭遇“有情人天各一方”的离散结局，或许也与某种传统审美相契合：世上的好物，皆不长久。但也有离散的恋人以忠贞痴情感天动地，在乱世重逢，继续前缘。

徐德言是南朝陈的太子舍人，他的妻子是陈朝后主陈叔宝的妹妹乐昌公主。陈后主在位期间整日花天酒地，朝廷奸佞当道，政局混乱。徐德言早已看出国祚不久，曾对乐昌公主说，“以你这般容貌与才华，国亡后必然会被掠入豪宅之家，我们夫妻长久离散，唯有日夜相思。倘若老天有眼，你我今后定有相见之日，所以我们应当有个信物。”说完，徐德言把一枚铜镜一劈两半，夫妻二人各藏半边。徐德言又说：“你在明年正月十五那天，将你的半片铜镜拿到街市去卖，假若我也幸存人世，一定会在那一天赶到街市上寻找铜镜，打探你的消息。”陈国灭亡之后，乐昌公主果然被隋朝的权臣杨素所得。而徐德言则颠沛流离。一年的正月十五，徐德言终于来到了隋都，在街市上到处寻访公主，遇到有家奴在以高价叫卖半面铜镜。徐德言悲欣之余，在镜上题诗一首交与家奴：

镜与人俱去，镜归人不归。
无复嫦娥影，空留明月辉。

乐昌公主读诗后悲伤啜泣。杨素得知实情后，便招来徐德言，将乐昌公主还给了他。徐德言后与乐昌公主终老江南。

《破镜诗》是五言古诗，前一句咏出了夫妻天各一方再难聚首的苦痛；后一句将自己与妻子喻为明月与嫦娥，曾经永不分离，今朝却已离散在天涯。

从诗歌艺术上来看，此诗并无太多可称赞之处，但诗话故事却赋予了《破镜诗》更多的深情。有情人多不能共甘苦，更何况昔日富贵今日孤苦。国破家亡之时，乐昌以公主之尊委身杨素为妾，而徐德言亦是颠沛流离居无定所。但难得夫妻皆不忘旧情，公主仍记誓约如初，而徐德言落魄至此，仍苦苦寻觅妻子下落。世间的感情，还有哪般如此情坚贞动人？

《破镜歌》的诗话故事后来被收入宋人所辑的《古今诗话》中，也是通过诗歌“观风俗之盛衰”，从乐昌公主的遭遇窥视整个社会的变迁。亡国的前朝公主，本身便包含了沉郁沧桑的色彩，前半生烈火烹油、鲜花着锦，绮靡荣华无人能及，而一朝归为臣虏，往日皆成了梦

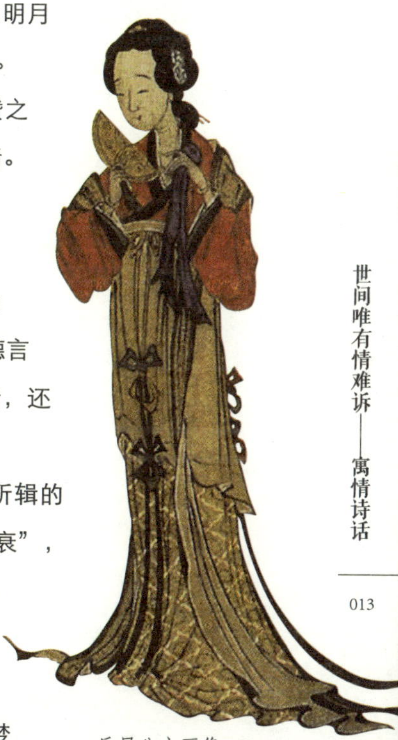

乐昌公主画像

中之景，凝眸间便是一段无尽沧桑。而改朝换代之时民众所遭受的种种痛楚，皆通过诗话中公主的遭遇体现了出来，更显《破镜歌》中宿命的沉痛。

乐昌公主与徐德言的鹣鲽情深，为后世留下了不朽的传奇。后人根据这个故事演绎出破镜重圆的成语，专指夫妻恋人分离后又再度相聚。元代剧作家施君美作《幽闺记》，其中有唱词：“破镜重圆从古有，何须疑虑反生愁？”

历史长河茫茫奔流，多少才子佳人王侯将相随水流去，而乐昌公主与徐德言破镜重圆的故事却被一代代的人诉说流传。写就传奇的人并不知道自己的不朽，他们以特殊的身世，做到了对爱情的不离不弃与对誓约的永志不忘，这便是一个无法复制的传奇。

长安水边多丽人——佳人诗话

美好的事物令人朝思暮想，美景、美食、美人，无一不可入诗。从古到今，无数诗篇咏唱佳人之美，让人记住了《诗经·秦风·蒹葭》中在水一方的美丽女子，还有《洛神赋》中的甄宓「翩若惊鸿、宛若游龙」，以及《诗经·卫风·硕人》中的丽人「手如柔荑，肤如凝脂，领如蝤蛴，齿如瓠犀，螓首蛾眉。巧笑倩兮，美目盼兮」、《登徒子好色赋》中的东家之子「增之一分则太长，减之一分则太短」，更有《佳人歌》，「一笑倾人城，再笑倾人国」……

诗话作品中有许多关于佳人故事的内容，宋朝阮阅在《诗话总龟》中将此类诗话归入「丽人门」。诗人们最常接触到的佳人，无疑是歌姬倡女。

春莺休啭沁园花

王晋卿都尉既丧蜀国，贬均州，姬侍尽逐。有一歌者号啭春莺，色艺两绝，平居属念，不知流落何许。后二年，内徙汝阴，道过许昌，市傍小楼，闻泣声甚怨，晋卿异之，问乃啭春莺也，恨不可复得，因赋一联："佳人已属沙吒利，义士今无古押衙。"晋卿每话此事。客有足成章者，晋卿览之，尤怆然。其词曰："几年流落向天涯，万里归来两鬓华。翠袖香残空浥泪，青楼云渺定谁家？佳人已属沙吒利，义士今无古押衙。回首音尘两沉绝，春莺休啭沁园花。"

——（宋）蔡絛《西清诗话》

《西清诗话》又名《金玉诗话》，是北宋权臣蔡京之子蔡絛所著，三卷，辑录了诗人们的诗歌作品与言行。

王晋卿是北宋时的画家，姓王名诜，字晋卿。他娶了宋英宗的

《绣栊晓镜图》王诜（宋）

女儿蜀国公主为妻，但却宠爱貌美的妾室，公主长期受到冷落，郁郁而终。后来，神宗皇帝得知此事，一怒之下将王诜贬谪均州，并将他的那些宠妾杖责后一一驱逐。小妾中有一名歌姬名叫“啭春莺”，与王诜离散后不知流落在何处。两年后，王诜路过许昌时，在一座小楼旁好像听到她的哭声，便前去相问，果然为“啭春莺”。但圣命不可违，两人已不可能再在一起，王诜只能写一副对联：“佳人已属沙吒利，义士今无古押衙。”“沙吒利”是唐传奇《柳氏传》中的番将之名，后泛指夺人妻妾的权贵。“押衙”本指武将，因唐代传奇《无双传》中的侠士是一名押衙，后泛指侠客。后来，有人将王诜的这一联扩写成诗：“几年流落向天涯，万里归来两鬓华。翠袖香残空浥泪，青楼云渺定谁家？佳人已属沙叱利，义士今无古押衙。回首音尘两沉绝，春莺休啭沁园花。”王诜每每读后愈加悲痛。

蔡絛生卒年月不详，但与王诜均为北宋人。王诜身为驸马，与同朝苏轼、黄庭坚、米芾等人交好，以书画作品出名，但诗词流传于世的并不多。《苕溪渔隐诗话》中亦有关于此则诗话故事的记录，可见这首《啭春莺》作为王诜为数不多的作品流传之广。《啭春莺》无疑是抒发作者身世之感的诗篇，其中有对往事的追忆，也有对佳人依依不舍的怀念，着眼现实之时，方发现自己已流落荒蛮之地，两鬓染上了风霜。

王诜在诗中流露的沉痛之情未必都是对佳人的思念，更有对自己的顾影自怜，恰似“江州司马青衫湿”。唐朝诗人白居易在浔阳江头听歌女演奏琵琶时泪湿青衫，是因为将自己的贬谪命运与歌女的年老色衰无人问津联系到了一起。王诜亦是如此，之所以读了客人的律诗“尤怆然”，乃是因为首句即提到了自己如今的沧桑身世，“几年流落向天涯，万里归来两鬓华”。文人将自己同歌女的身世相联系，生发出同是天涯沦落人之感，已是一种文化传统。《啭春莺》一诗只有颈联为王诜自创，其他三联由他人续写，又为此诗话故事添加一些别样的色彩。

冰肌玉骨清无汗

杨元素作《本事曲》，记《洞仙歌》："冰肌玉骨，自清凉无汗。水殿风来暗香满。绣帘开，一点明月窥人，人未寝，欹枕钗横云鬓乱。起来携素手，庭户无声，时见疏星渡河汉。试问夜如何？夜已三更，金波淡，玉绳低转。细屈指、西风几时来，又不道、流年暗中偷换。"钱塘有一老尼能诵后主诗首章两句，后人为足其意，以填此词。余尝见一士人诵全篇云："冰肌玉骨清无汗，水殿风来暗香暖。帘开明月独窥人，欹枕钗横云鬓乱。起来琼户启无声，时见疏星渡河汉。屈指西风几时来，只恐流年暗中换。"

案：东坡《洞仙歌序》云："仆七岁时，见眉州老尼，姓朱，忘其名，年九十余，自言尝随其师入蜀主孟昶宫中。一日，大热，蜀主与花蕊夫人夜起，避暑摩诃池上，作一词，朱具能记之。今四十年，朱已死矣，人无知此词者，独记其首两句云：'冰肌玉骨，自清凉无汗'。暇日寻味，岂《洞仙歌令》乎？乃为足之云。"是则杨氏所谓后人，即东坡此词也。

——（宋）佚名《漫叟诗话》

《漫叟诗话》成书于宋代，具体作者已不可考。此则诗话记录了关苏轼词作《洞仙歌》的本事。据苏轼《洞仙歌》的序言记载，他幼年时在四川遇到过一位眉州来的九旬老尼，自称曾经随着师傅到过蜀主孟昶宫中，见到孟昶与花蕊夫人夜起纳凉，孟昶作一词，老尼至今能记得。四十年后，苏轼回忆起幼年往事，只能记得开头两句，于是自行填成一阕《洞仙歌令》。苏轼好友，杭州知州杨元素在《本事曲》中也记载了这阕词，但与苏轼所言大相径庭，称钱塘老尼能诵孟昶诗首两句，后人敷衍其意，填成《洞仙歌》一词。不仅如此，杨元素还记载了另一位士人所背诵的孟昶原诗。

正是因为有杨元素《本事曲》对《洞仙歌》的记载，所以学界对《洞仙歌》是否为苏轼所做存有争议。

虽然流传于世的诗歌版本不同，但《洞仙歌》所咏唱的佳人确为花蕊夫人无疑。诗歌本事在流传的过程中，常常会出现几种迥然不同的说法。《漫叟诗话》将当时流传于世的诗话作品中对《洞仙歌》一词的不同阐述同时记录于书中，显示了作者的客观精神，为后世留存下文学史的珍贵资料。

花蕊夫人是后蜀国主孟昶的贵妃，姓徐（一说姓费），不但生得冰肌玉骨、美艳无双，而且颇有文才，善作宫词。孟昶即位初年尚能励精图治，但是在位后期即沉湎酒色，尤其宠爱花蕊夫人，生活荒淫奢侈，导致朝政腐败。公元965年，后蜀被北宋大军攻灭，孟昶降宋。花蕊夫人也被掳入宋，行至葭萌关时，她援笔填词于驿壁：“初离

花蕊夫人像

《簪花仕女图》【局部】周昉（唐）

蜀道心将碎，离恨绵绵，春日如年，马上时时闻杜鹃。”才写了四句，宋军催行，不得已掷笔而去。后宋太祖赵匡胤将花蕊夫人据为己有。赵匡胤久闻花蕊夫人的诗名，命她即席做诗，她就诵出了著名的《口占答宋太祖述亡国诗》：“君王城上竖降旗，妾在深宫那得知？十四万人齐解甲，更无一个是男儿。”

相传花蕊夫人因与孟昶感情甚笃，蜀亡后还在北宋宫中供奉其画像，但又怕赵匡胤责怪，便谎称这是蜀地送子仙人张仙的画像。花蕊夫人虽对先夫念念不忘，但终究有“事二夫”之实，曾引封建道德家们的批判。但无论是苏轼的《洞仙歌》词，还是士人所传诵的孟昶原诗，以及相应诗话，皆是从审美的角度描绘花蕊夫人的高贵美丽，并未对花蕊夫人做出道德判断或是人物褒贬。词中虽是歌咏美人，但还有对时光荏苒的感慨，流露出作者对韶光易逝、流年偷换的无奈与惋惜。

更怜夫子得西施

人君不能制欲于妇人，以至溺惑废政，未有不乱亡者。桀奔南巢，祸阶妹喜；鲁桓亡国灭身，惑始齐姜。妲己、褒姒以至杨妃、张、孔之徒，皆是也。吴之于西施，王之耽惑不减于诸后，一夕，越兵至，而王不知也。郑毅夫诗云：“十重越甲夜城围，燕罢君王醉不知。若论破吴功第一，黄金只合铸西施。”谓非西施则吴不亡，吴不亡，则安得以黄金而铸范蠡之容哉！而东坡《范蠡诗》云：“谁将暗矢射吴儿，长笑申公为夏姬。却遣姑苏有麋鹿，更怜夫子得西施。”言楚申公欲弱楚而强吴者，以夏姬之故，曾不如范蠡灭吴霸越而坐得西施也。

——（北宋）葛立方《韵语阳秋》

北宋葛立方作《韵语阳秋》，又名《葛立方诗话》，主要是评论自汉魏至宋代诸家诗歌创作意旨。

《范蠡诗》为北宋苏东坡所作：“谁将暗矢射吴儿，长笑申公

西施像

为夏姬。却遣姑苏有麋鹿，更怜夫子得西施。”上两句引申公与夏姬的典故：春秋时期楚国贵族申公巫臣因迷恋夏姬而与其叛逃至晋国，使得其族人惨遭屠戮，因此他发誓报仇。他建议晋国联合吴国一起夹击楚国，并亲自去吴国传授驾驭战车方法，最终导致楚国衰落、吴国崛起。下两句引西施与范蠡的典故：西施本名施夷光，是春秋时期越国人，亦是中国历史上最著名的美女之一。其因天生丽质被越王勾践献给吴王夫差，成为夫差最宠爱的妃子，吴王也因此耽于玩乐，最终被越国所灭。传说吴国灭亡之后，范蠡称病辞官，与西施隐居，每日泛舟湖上，故曰“更怜夫子得西施”。

与其说葛立方解读《范蠡诗》，不如说是引《范蠡诗》来证明自己的观点：红颜祸水、玩物丧志。葛在开篇即言，如不能抵挡美色的诱惑而沉溺其中，则国家必大乱或灭亡，随后列举一连串的祸国美人以引人深思：妺喜致夏桀亡国、齐姜致鲁亡国，此外，还有妲己、褒姒、杨玉环、张丽华等美人，虽长得君王带笑看，

明人绘《千秋绝艳图》【局部】

但无不使君王从此不早朝，继而引发一系列国破家亡的沧桑巨变。西施则是此中红颜祸水的典型，春秋末期，吴国本强盛一时，只因吴王夫差迷恋越国进献的美人西施而不理朝政，最终导致吴国被越国所灭。

《韵语阳秋》中对佳人的观点与葛立方的文学思想不无关系，其诗论显示：旨在求风雅之正，以事理为要，而不甚论语句之工拙，格律之高下。从中可看出葛立方是以儒家传统视角来审视佳人，将佳人与物等同，进而将君主的得失归咎于“玩物丧志”，于是史书上几个美丽的女子，都成了贻误国家的罪魁祸首。这些佳人仅仅因拥有沉鱼落雁、闭月羞花的容貌，就为历史的兴衰、王朝的更迭承担了沉重的罪名，在历史上空余“祸害”的名声，成为后世警示的标志——对这些佳人来说是莫大的不公吧。

报君黄金台上意——知遇诗话

唐代文学家韩愈曾著《马说》一文，借物寓意谈论人才问题，其中「世有伯乐，然后有千里马。千里马常有，而伯乐不常有」一句，言尽天下怀才之人心声。东汉王粲在荆州依附刘表，意不自得，便以「登楼」为题作赋，后世诗词作品中常以「王粲登楼」比喻士不得志。战国时，燕昭王为宴请天下士，筑成招贤台，南北朝诗人鲍照在诗中将招贤台称为「黄金台」，自此，黄金台成为天下读书人的一个憧憬。唐朝李贺有诗曰「报君黄金台上意，提携玉龙为君死」，可见其对知遇之恩的感激。

杖藜携酒看芝山

刘景文作饶州监酒，得一诗题芝山寺壁云："数声燕语落檐间，底事惊回梦里闲！说与旁人都未信，杖藜携酒看芝山。"舒王作本路宪，见之，爱甚，遂令权州学。

——（南宋）佚名《古今诗话》

对于初出茅庐的士人来说，得到他人的赏识显得尤为重要。这些伯乐们识英才于布衣之中，在其默默无闻之时给予赏识与重用，成为一段佳话，也鼓励着后世的读书人。诗话中有许多关于知遇的记载，因一首诗被位高权重者赏识，从而委以重任，无疑是所有读书人都梦寐以求的。

刘景文，原名刘季孙，宋仁宗嘉祐年间（1056—1063）以左班殿直监饶州酒务。其人博古通今，对史传颇有研究，一生爱好异书古文石刻，仕宦所得俸禄皆作藏书之用。《古今诗话》中所载，乃是刘景文初入仕途作饶州监酒时的事。饶州在今江西省鄱阳湖附近，因

“山有林麓之利，泽有蒲鱼之饶”而得名。芝山寺在鄱阳县城西部北廓，建于唐代龙朔（661—663）年间，相传饶州刺史曾在此采集灵芝草，故名“芝山寺”。

刘景文在游芝山寺时留题一诗：

数声燕语落檐间，
底事惊回梦里闲！
说与旁人都未信，
杖藜携酒看芝山。

首两句既有檐间燕子呢喃的现实，又有故梦的虚幻；后两句转为现实，别人不信自己梦中所见也不强求，持杖带酒去看芝山。全诗虽留题芝山却并未写实景，反而流露出诗人的豁达之态，故此得到王安石（即“舒王”）的盛赞。这件事除了《古今诗话》外，宋《石林诗话》、《清波杂志》、《诗话总龟》，明《徐氏笔精》、《尧山堂外纪》，清《宋诗纪事》等典籍中都有记载，可见对当时和后世都造成了巨大的影响。《石林诗话》中说，王安石为江东提举刑狱时，巡查到此处，将要评估刘季孙的工作。来到厅前，见屏风上题着这首诗，大为赞许，得知是刘

《桃柳双燕图》刘彦冲（清）

季孙所写，立刻召他来谈诗论文，公务之事倒一句没提。王安石回到旅驿后，一些当地学子前来请求派一个主管教育的官员，王安石马上就点刘景文来主持。这件事在当地传为佳话。

刘景文虽酷爱史传作品，但他的诗文却并不出众。《古今诗话》选刘景文诗作诗歌本事，无疑是看中了他特殊的身世：刘景文本人出身不凡，父亲刘平是将军，故其诗中有豪放之气不足为奇，苏轼称刘景文为“慷慨奇士”。而刘景文仕途不顺也正与其父有关——北宋与西夏交战时，因另一路宋军将领畏战带兵撤退，导致刘平全军覆没。宋朝廷以为刘平战死，追赠朔方节度使，并“宜加恤其子孙”。但后来得知刘平并未死，而是被西夏李元昊部队所俘，投降西夏，于是朝廷对刘平子孙的态度陡然大变。刘景文也因此受牵连，仕途坎坷，只在饶州担任小小监酒吏。不过，刘景文的诗却并没有浅躁幽怨之气，而是襟抱开阔，气度雍然。在悠闲恬淡之中，又透出郁郁不得志的寂寞，带有些自嘲的意思，不失洒脱。

一撮生红熨不开

真宗末年，尝游禁中，见翰林学士王禹偁倚宫木若咏吟，命宫使亟探之，果预作《赏花钓鱼诗》。明日，百官赴宴，迨题出，乃《千叶石榴花》，百官皆失所拟。禹偁首进一绝云："王母庭中亲见栽，张骞偷得下天来。谁家巧妇残针线，一撮生红熨不开。"上称赏，谓真才。

——（北宋）佚名《桂堂诗话》

《桂堂诗话》又名《桂堂闲话》，相传作者是北宋天圣（1023—1032）年间的进士赵叔平，具体不可考。此则诗话所记载的诗人王禹偁是北宋著名诗人，亦是散文家，因晚年被贬黄州，世称"王黄州"。诗话所载故事颇为有趣：宋真宗曾在宫中见到翰林学士王禹偁倚着树木，似乎在吟咏诗句，于是派人打探，果然其在预作诗，题名《赏花钓鱼诗》。第二天百官来宫中赴宴，真宗以《千叶石榴花》为题令百官作诗，使得百官之前拟好的诗文全废。王禹偁第一个上前作诗：

王母庭中亲见栽，张骞偷得下天来。
谁家巧妇残针线，一撮生红熨不开。

真宗听罢连连称赏，赞叹王禹偁乃是真才华。

《桂堂诗话》记载王禹偁诗得宋真宗赞赏，无疑有特殊意义。王禹偁有两张面谱，一张为文人，一张为贬臣。他出身贫寒，宋太宗太平兴国八年（983）登进士第，为人刚直不阿，屡屡直言进谏，对仕途充满抱负。但因直言讽谏朝廷过失，王禹偁屡受贬谪之苦。太宗至道（995—997）年间，王禹偁任翰林学士，不久后以诽谤朝廷的罪名，从工部郎中贬知滁州，真宗继位之后将其召回京都，复知制诰。王禹偁在宫宴上作诗便是发生在此阶段的事。

诗文巧妙精巧。所咏石榴花并非中原物种，原产伊朗、阿富汗等地，汉朝张骞自西域带回。诗的前两句言说石榴花的珍贵，将其描绘成“王母庭中”所栽的仙物，汉代张骞自天宫偷下；后两句并不直接描述石榴花的颜色及外观，却言“谁家巧妇残针线，一撮生红熨不开”，令读者铭记石榴花的艳丽。此诗在王禹偁的全部诗文中并不算上佳作品，但因是命题即席而作，故而显得尤为急智难得。

王禹偁一生遭遇贬谪多次，此番被真宗从滁州召回京都，便是因其有“真才”。但好景不长，不久后王禹偁参与修撰《太祖实录》，因为秉书直言诸多史事，引起当朝宰相的不满，又遭谗谤，于咸平二年（999）再次被贬出京城，至湖北黄州；两年后，改任蕲州知州，却未逾月而卒，时年仅四十八岁。

古人认为文章与道德并重，孟子言“知人论世”，韩愈言“文道合一”。王禹偁作为北宋初期最著名的诗人，以其直谏风骨为世

火红的石榴花（图片提供：微图）

人所赞。《桂堂诗话》记载王禹偁诗，大约也因佩服其人风骨。苏轼撰《王元之画像赞并序》，称他“以雄风直道独立当世”、“耿然如秋霜夏日，不可狎玩”。欧阳修亦对王禹偁甚为仰慕，在滁州任太守时，特意瞻仰其画像，又作《书王元之画像侧》以示尊重。真宗虽称赞王禹偁有真才实学，将其从贬所召回京都，但后又将其贬黜，可见得到皇帝的赏识并非一定会“得志”。但即使如此，诗文能得到皇帝的赞赏仍然为许多士人所羡慕。

满院花开不似贫

蜀人雍陶，以进士第为简州牧，自比谢宣城、柳吴兴也，宾至折挫。忽有冯道明下第，请谒，告阍者：“道明与员外有旧。”及见，呵曰：“与公昧平生，何方相识。”道明曰：“诵员外诗，仰员外德。”遂吟曰：“立当青草人先见，行傍白莲鱼未知。”又曰：“江声秋入寺，雨气夜侵楼。”又曰：“闭门客到常疑病，满院花开不似贫。”闻之，欢狎如曩昔之友。

——（唐）范摅《云溪友议》

伯乐们未必皆是位高权重之人，其中也有许多布衣卿士，因欣赏他人诗歌而与他人结成良友。唐人雍陶有幸，结识了一位布衣伯乐，深觉相见恨晚。

唐代范摅所撰的《云溪友议》为笔记小说集，其中记载了许多诗话故事。宋代阮阅作《诗话总龟》，将之纳入“知遇门”。

《秋山访友图》郭熙（北宋）

这则故事的主人公雍陶是晚唐时期的著名诗人。太和八年(834)雍陶进士及第，而后为简州（今四川简阳）刺史。他自比南朝齐著名的诗人、宣城太守谢朓和宋代著名诗人、吴兴太守柳恽。有一天，一位叫冯道明的科举落第者来访，对守门人说自己与雍陶是故人。雍陶见冯道明后很生气，呵斥道：“我明明与你素昧平生，怎么说曾经相识呢？”冯道明说：“在下经常吟咏您的诗歌，非常仰慕您的德行，所以与您已算是神交故人了。”接着，他吟诵了几句雍陶的诗歌。雍陶听后非常高兴，待冯道明如旧友一般。

雍陶，字国钧，夔州云安（今重庆云阳）人，寓居成都。其少年时恰逢四川内乱，颠沛流离，贫苦无依，但一直用功读书。他早年曾科考落第，有《自述》诗写道：“贫当多累日，闲过少年时。”唐文宗太和八年（834），雍陶考取进士，为当时名辈所推重。在长安，他与张籍、王建、贾岛等诗人文士交往甚厚，经常诗酒赠答。他的诗多酬赠、题咏之作，尤其律绝最好，语言精练，工于对仗。雍陶为人恃才傲物，从其自比谢朓、柳恽便可窥豹一斑。落第秀才冯道明以故交身份拜谒雍陶，无疑会引其大怒。但冯道明吟诵出雍陶的诸多诗句，称神交已久，令雍陶转怒为喜。正因为雍陶在诗歌方面颇为自负，故对自己得意之作能为人所知而甚为欣喜。在冯道明离别之时，雍陶感念其对自己的爱慕钦仰，便拿出一笔颇为丰厚的礼物赠送给冯道明，以志自己的深切谢意。

冯道明所咏雍陶的诗，“立当青草人先见，行傍白莲鱼未知。”“江声秋入寺，雨气夜侵楼。”“闭门客到常疑病，满院花开不似贫。”皆是对仗诗句，且都为写景诗句，落笔自然，含而不露，淡而有韵，可谓精彩，想必也是雍陶的得意之作。《诗学渊源》中对雍陶诗的评价是“情景俱到，晚唐本色也”，可见雍陶担得起冯道明这般盛赞。

对自负诗才的诗人来说，即使已身为封疆大吏，依旧希望自己的文章能够得到别人的赞许与肯定。一般来说，知遇是指位高权重者对布衣文人的赏识青睐，而范摅看重这种反其道而行之的知遇，故在《云溪友议》中记录雍陶、冯道明的诗话故事，大约也觉此种知遇更为难能可贵。

凝碧池头奏管弦——忠义诗话

「忠」与「义」在先秦之前是两个独立的概念。按照传统儒家观点，「忠」本指尽心为人办事，《孟子·滕文公》有：「教人以善谓之忠。」而「义」本指合宜的道德、行为或道理，如《论语·述而》有：「不义而富贵，与我如浮云。」随着社会的发展，「忠」逐渐成了古代道德规范之一，专指忠于上级、忠于君主及国家，「臣事君以忠」成为臣民应尽的道德义务。而同为古代道德规范的「义」的含义极广，指公正、合理而应当做的，合乎一切正义或公益的道德或举动。忠义观念带有极其浓厚的道德意味，在诗话故事中也常有表现。

凝碧池头奏管弦

王维字摩诘。天宝末，禄山陷两京，明皇出幸，维扈从不及，为贼所得。维服药取利，伪称喑病。禄山素怜之，遣人迎置洛阳，拘于普施寺，迫以伪命。禄山宴其徒于凝碧宫，其乐乃梨园弟子、教坊工人。维闻之悲恻，潜为诗曰："万户伤心生野烟，百官何日再朝天！秋槐花落空宫里，凝碧池头奏管弦。"贼平，陷贼官者三等定罪。维以《凝碧诗》闻于行在，肃宗嘉之，特宥之，授太子中允。

——刘约《拾遗》

此则诗话故事出自《拾遗》，作者刘约生卒年不详，后被宋朝阮阅录入《诗话总龟》。

盛唐诗人王维，字摩诘，诗名在开元（713—741）、天宝（742—756）年间盛行一时。天宝末年，安禄山起兵反叛，攻陷长安、洛阳两京。唐明皇出逃，王维跟随不及，落入安禄山之手。王维暗中服药，假称自己生病，企图以此来逃脱叛军的纠缠。可是安禄山素闻王维大名，爱重他的才华，让人将他从长安接至洛阳，拘于普施寺中，强迫他接受任命。一日，安禄山在凝碧宫大宴部下，乐人是昔日唐明皇的梨园弟子、教坊工人。王维闻之非常悲痛，私下作《凝碧诗》以抒发心中的郁结：

万户伤心生野烟，百官何日再朝天！
秋槐花落空宫里，凝碧池头奏管弦。

王维像

安禄山兵败后，唐肃宗回朝，安禄山时期接受伪职的人都要按三个等级来定罪。王维虽曾被迫接受安禄山任命，但他的《凝碧诗》传到皇帝行在，唐肃宗阅后反而赞他有气节，恕王维之罪，只是将他降职为太子中允。

在唐代诗歌史上，王维无疑是不得不提的人物。王维（701—761）是河东蒲州（今山西运城）人，精通诗、书、画、乐，尤以山水田园诗闻名于世。北宋文学家苏轼曾评价他说：“味摩诘之诗，诗中有画；观摩诘之画，画中有诗。”

古往今来，官员士大夫为得势逆党所用成为“贰臣”，既在前朝做官，投降后又成另一朝的官员。在前任君主复辟之后，大多不得善终。王维为形势所迫，被逼无奈下当了安禄山朝伪官，虽投靠叛军为重罪，但因其在乱中写过思慕天子的《凝碧诗》而幸免于难。这段经历不可谓不传奇，亦可窥见其诗文的力量。《凝碧诗》只短短四句，却写尽忠心臣子思故主故国之悲情。首句景中有情，因哀眼观烟，则野烟因“万户伤心”而生，次句直抒胸臆，抒发对旧主的思念之情；

《长江积雪图》【局部】王维（唐）

后两句描摹实景，宫殿主人不在，秋槐花空空开落在宫里，而凝碧池头所奏的依旧是旧时管弦。短短四句，物是人非的凄凉跃然纸上，令人不忍卒读。

《凝碧诗》因其自身所带的传奇色彩流传于世，《旧唐书·王维传》也对此事不吝笔墨。王维在被挟持期间创作此诗表述对君主的思念，可见其忠义精神，因此，该诗文流传千载便也不足为奇了。

王维虽因一首《凝碧诗》逃过一场大难，但是经过这场风波之后，他的政治热情进一步衰退。虽然他名义上还在朝为官，而且步步高升，但他的心境却越来越远离政治与官场，一心学佛。四十多岁的时候，他特地在终南山上和蓝田辋川营造别墅，过着半官半隐的生活，每日与友人浮舟往来，弹琴赋诗。

急于得君，非为利禄

昌黎《赠张道士》云："诣阙三上书，臣非黄冠师。臣有胆与气，不忍死茅茨。"韦应物《送李山人》云："圣朝多遗逸，披胆谒至尊。岂是贪宠荣，誓将救元元。"圣俞《赠师鲁》云："臣岂为身谋，而邀陛下眷。"皆急于得君，非为利禄计也。

——（北宋）黄彻《䂬溪诗话》

黄彻是北宋时期的诗论家，有《䂬溪诗话》十卷存世，后被录入《四库全书》，部分为宋人阮阅《诗话总龟》所载。古之文人多学孔孟之道，将忠君爱国视为人生的根基，故而诗文中多有忠义流露。这则诗话中，黄彻就列举了韩昌黎（韩愈）、韦应物、梅尧臣三人，认为他们的诗文中流露出"急于得君"的思想。

韩愈，字退之，世称韩昌黎，河阳（今河南省孟州市）人，唐代杰出的文学家、思想家，为唐宋八大家之首。黄彻文中引韩愈诗题《赠张道士》有误，应为《送张道士》。"诣阙"本指宫殿前红色的双柱，此处代指皇宫，“臣非黄冠师”一句更是点名作者自己的志向，非山野道人。“黄冠”为道士所戴束发之冠，其色尚黄，故曰“黄冠”，因此“黄冠”也作为道士的别称。韩愈自认有“胆与气”，意指自己有胆量与勇气，“不忍死茅茨”，不忍死于一事无成。“茅茨”亦作“茆茨”，指茅屋，引申为平民里巷间简陋的居室。短短四句可看出韩愈的胸怀与抱负，不甘在民间做无名小辈，认为若以自己的才华与胆气埋没乡间，则是国家社稷的遗憾。

韦应物《送李山人》题目亦有阙，原为《送李山人东游》，亦名《送李十四山东游》。在唐代诗人韦应物看来，自己披沥肝胆为国为民，并非是为了得到圣上的恩宠或贪恋荣华富贵，而是存有“誓将救元元”的理念。“元元”指黎民百姓，“誓将救元元”指兼济天下。

梅尧臣是北宋诗人，安徽宣城人，宣城古名“宛陵”，故世称其为“宛陵先生”。黄彻文中所记梅尧臣的《赠师鲁》，言“臣岂为身谋，而邀陛下眷”，意指自己的志向并不在为稻粱谋，亦不在功名利禄，而是胸怀天下而已。

黄彻举出这三人的诗句，认为他们都不是汲汲名利的人，“急于得君，非为利禄计也”。《孟子·尽心上》有“穷则独善其身，达则兼善天下”之句，本意指不得志时便洁身自好修养个人品德，得志时使天下都如此。这句话在后世的流传中，成为“穷则独善其身，达则兼济天下”，意指得志时可救济天下民众和万物。这种兼济天下的思想成为后世儒生立身处世的座右铭。因此，韩愈、韦应物、梅尧臣等人皆流露出这种思想也便是意料之中了。而这种兼济天下必须建立在士人被当权者认同重用的基础上，其主张与见解才能得到进一步的发挥，才能做到为天下百姓谋太平，福泽苍生、利千秋之业的事。这不仅是韩愈、韦应物、梅尧臣等人渴盼的，亦是黄彻自己渴盼的，所以才在《巩溪诗话》中阐述“急于得君，非为利禄计”的看法。

舟车何处不通津

晋天福三年与戎和。晋祖曰:“当遣辅相为使。”赵莹、桑维翰同堂,皆未言,以戎虽通好而反覆难测,咸惧于将命。冯道与诸公中书食讫,分厅堂吏前白道言北使事,吏人色变手颤。道索纸一幅,书云:“道去。”即遣写敕。属吏泣下。道遣人语妻子,不复归家,舍都亭驿,不数日即行。晋祖饯,语以家国之故,烦耆德使远,自酌卮酒饮之。虏以道有重名,欲留之,命与其国相同列,所赐皆等。戎赐臣下以牙笏,及腊月赐牛头,皆为殊礼,道皆得之。以诗谢云:“牛头偏得赐,象笏更容持。”戎甚喜,潜谕留之。道曰:“两朝皆臣,岂有分别?”赐悉市薪炭,云:“北地寒,老年不堪。”及还京师,作诗五章以述北使之意。其首章云:“去年今日奉皇华,只为朝廷不为家。殿上一杯天子泣,门前双节国人嗟。龙荒冬往时时雪,兔苑春归处处花。上下一行如骨肉,几人身死掩风沙!”

——(北宋)阮阅《诗话总龟》

士人渴念做忠义贤臣，可兼济天下苍生。诗话中也不乏对一些贤臣事迹的记载。唐太宗李世民曾有诗云：“疾风知劲草，板荡识诚臣。”结合历史来看，此言不虚，国之危难时刻才能视出臣子的忠义。在诗话中，也记录下了一些另类的“忠义”，值得人们深思，冯道使戎便是其中之一。

五代后晋天福三年（938），后晋与契丹人谈和，后晋高祖石敬瑭欲派遣辅相为使节前去和戎。当时赵莹、桑维翰皆为辅相，但因惧怕此去前途未卜，故而都在堂前一语未发。此时时任宰相的冯道正与诸公吃完饭，听闻吏人提到此事，马上索来纸笔，写了“道去”二字。在座属吏泣涕如雨。冯道在驿站暂住，未归家，托人将此事告诉妻子与孩子，不几日便出发前往契丹。石敬瑭亲自为冯道践行，感念他为国家大事而自愿冒险远行，随后含泪自酌自饮。冯道来到契丹后，契丹人知道他名望很高，意图将他留为己用，并许诺给他高官厚爵，赐给牙笏、牛头等贵重的礼物，冯道作诗相谢。契丹人大喜过望，提出希望冯道留下。冯道答曰：“两朝皆臣，岂有分别？”他都把赏赐的物品换买成了薪炭，并感慨说：“北地寒冷，自己年老不堪忍受了。”回到后晋之后，冯道作诗五章描述自己北使的感遇与心情，首章云：“去年今日奉皇华，只为朝廷不为家。殿上一杯天子泣，门前双节国人嗟。龙荒冬往时时雪，兔苑春归处处花。上下一行如骨肉，几人身死掩风沙！”首两句回忆“去年今日”自己奉命出使北地，只为天下家国不为自己小家；次两句描述皇帝石敬瑭送自己

冯道像

《东丹王出行图》【局部】李赞华（五代）

出使北地的情景，天子饮酒而泣，感念深深；随后两句描摹北地与中原的景色，一处时时雪，一处处处花，两厢对照，既说明自己出使时间之久，又显示出中原之美好；最后两句与盛唐时的边塞诗如出一辙，北地条件之艰苦、北使遭遇之艰辛皆可见一斑。

此则诗话故事出自《丛苑》，作者佚名，后被宋朝阮阅收录在《诗话总龟》中。冯道（882—954）是中国历史上最富争议的人物之一。冯道字可道，自号长乐老，瀛洲景城（今河北献县东北）人。他生于纷争不断的唐末五代时期，历仕后唐、后晋（契丹）、后汉、后周四朝十个君主，拜相二十余年，有“官场不倒翁”之称。此则诗话故事便发生于冯道事后晋时期。据正史记载，冯道在契丹被阻留大约两个多月，耶律德光觉得冯道可为己所用，便让他回去，以便在后晋为自己办事。冯道回途中显出恋恋不舍之态，行走缓慢。随从不解冯道何故如此，认为这般艰险环境下，随时都有性命之忧，理应快马加鞭回到后晋。冯道则深谋远虑：若加速归途，反使契丹怀疑，不如缓慢行驶，使契丹相信自己对其的忠诚可信。

《丛苑》记载此事态度未知，而宋朝阮阅作《诗话总龟》时，却将此则诗话纳入“忠义门”。可见在阮阅看来，冯道冒险前去契丹谈判，此举可谓忠义。但结合具体情境来看，冯道此去契丹，未必没有自己的几分私心。在晚唐五代那个朝代更迭频繁的时期，多与他国首脑互通有无，对前途便多几分帮助。他从契丹回来之后，石敬瑭便把枢密使废掉，并入中书省，后晋军政大权集于冯道一人身上。后晋出帝开运三年（946），耶律德光率三十万军队南下汴京，攻灭后晋。此时，冯道重新投靠耶律德光，自称“无才无德痴顽老子”，凭借其圆滑的政治手腕又当上了辽的太师，全无对故主的忠义。冯道也因此在后世受到许多非议。如欧阳修在《新五代史》中就认为冯道“不知廉耻为何物”；司马光在《资治通鉴》中则说他“乃奸臣之尤”。但是也有论者认为，冯道累受重用对五代政局与官僚体制的稳定起到了正面作用。冯道在未发迹时曾写过一首诗：“莫为危时便怆神，前程往往有期因。终闻海岳归明主，未省乾坤陷吉人。道德几时曾去世，舟车何处不通津？但教方寸无诸恶，狼虎丛中也立身。”全诗大意是，不要在遇到危难时就悲怆难过、仓皇无主，今天的结果是早先种下的因缘导致。得天下者就是明君，而失天下的是不走运的人。道德并没有远离世间，舟车也仍然处处可达。只要心存善念，就是虎狼窝里也能安身立命。这首诗反映出冯道为求自保而依附强者，同时又不失忧国忧民的儒家情怀的复杂的内心世界。

崔颢题诗在上头——留题诗话

留题诗歌是中国古代诗歌中的一大类型，诗话作品中亦有许多对留题诗歌本事的记载。所谓「留题」，顾名思义为「题字留念」。凡风景名胜之地，文人骚客往来众多，皆有留题。千载诗文共一壁，诗文高低便十分明显了。如天下名楼黄鹤楼，崔颢留题一首：「昔人已乘黄鹤去，此地空余黄鹤楼。黄鹤一去不复返，白云千载空悠悠。晴川历历汉阳树，芳草萋萋鹦鹉洲。日暮乡关何处是，烟波江上使人愁。」此诗一出，遂成千古名篇。后世诗人题留黄鹤楼者众，却无人能望其项背。

僧房佛寺留题诗

张祜喜游山而多苦吟，凡所历僧寺，往往题咏。如《题僧壁》云："客地多逢酒，僧房却厌花。"《题万道人禅房》云："残阳过远水，落叶满疏钟。"《题金山寺》云："僧归夜船月，龙出晓堂云。寺影中流见，钟声两岸闻。"《题孤山寺》云："不雨山长润，无云水自阴。断桥荒藓涩，空院落花深。"如杭之灵隐、天竺，苏之灵岩、楞伽，常之惠山、善权，润之甘露、招隐，皆有佳作。李涉在岳阳，尝赠其诗曰："岳阳西南湖上寺，水阁松房遍文字。新钉张生一首诗，自余吟着皆无味。"信知僧房佛寺赖其诗以标榜者多矣。

——（宋）葛立方《韵语阳秋》

诗人们热爱山水自然，云游四方时阅山川奇观，观造化玄妙，自然有感而发，盛情之下赋诗留念，因此留题诗歌中相当一部分就是这种类型。

据《韵语阳秋》载，张祜喜欢游山玩水，诗歌多为苦吟，凡是游历佛寺，往往留题，如《题僧壁》、《题万道人禅房》、《题润州金山寺》等，皆是留题诗歌。又如杭州灵隐寺、天竺寺，苏州灵岩寺、楞伽寺，常州惠山寺、善权寺，镇江甘露寺、招隐寺等，他皆留题佳作。李涉在岳阳时曾经赠给张祜一诗，曰："岳阳西南湖上寺，水阁松房遍文字。新钉张生一首诗，自余吟着皆无味。"从诗中可知当时许多僧房、佛寺往往赖张祜诗以示标榜。

张祜是唐朝诗人，字承吉，因属清河张氏望族，家世显赫，故被人称为"张公子"，有"海内名士"之誉。史书较少记载张祜其人其事，但有不少诗作留存，《全唐诗》中收录 349 首，南宋初蜀刻本《张承吉文集》收录 469 首。张祜在诗歌创作上取得了较为卓越的成就。

张祜之所以多有留题诗，无疑与其经历是分不开的。他才华横溢，但因为性情狷介，不愿趋炎附势，终生没有跻身仕途。张祜早年寓居苏州，常往来于扬州、镇江、杭州等江南城市，屡屡模山范水，题咏名寺，晚年在江苏丹阳筑室种竹、品茗、饮酒，隐居至终。张祜辞世后，文学家、诗人皮日休曾送挽诗："一代交游非不贵，五湖风月合教贫。魂应绝地为才鬼，名与遗篇在史臣。"张祜此生既平凡又独特，是游人，是幕僚，是狂生，是隐者。这种起伏跌宕的畅意人生，为其诗歌创作提供了很好的素材。

张祜在留题诗中嵌入了身世之感尤显得动人。他所作《题润州金山寺》，曾在学界引发颇多争议。诗云："一宿金山寺，超然离世群。僧归夜船月，龙出晓堂云。寺影中流见，钟声两岸闻。翻思在朝市，终日醉醺醺。"后世许多诗评家从意境的角度，批评此诗前后部分的不协调，尤其末句"翻思在朝市，终日醉醺醺"，似打

江苏镇江金山寺（图片提供：微图）

油诗一般。但注重对张祜诗歌思想内容把握的葛立方却以为此诗上佳，既反映出诗人对佛寺清静之地的羡慕之情，又突出了对尘世生活的厌恶之感。这正是张祜此时内心的真实写照，也可看出诗人理想抱负得不到施展时那种郁郁苦闷的情怀。此诗在佛教界也引起了强烈反响，《金山龙游禅寺志略》等很多史志在选诗时都把这首诗放在第一位。“信知僧房佛寺赖其诗以标榜者多矣”，自唐以后，有多人题诗言及张祜，可见此诗对后世的影响之深。正是因为张祜诗歌中，对个体心灵的真实反映，才引得了众多诗人的共鸣，可谓是文学史中少有的现象。也正因如此，才得到葛立方的关注与欣赏。

行到巫山必有诗

繁知一闻乐天将过巫山，先于神女祠粉壁大书曰：“忠州太守今才子，行到巫山必有诗。为报高唐神女道，速排云雨待清词。”白公见诗，邀知一曰：“刘梦得理白帝，欲留一诗于此，怯而不敢。罢郡经过，悉去诗千余首，只留四篇。沈佺期曰：‘巫山高不极，合沓状奇新。暗谷疑风雨，幽崖若鬼神。月明三峡晓，潮落九江春。为问阳台客，应知入梦人。’王无竞曰：‘神女向高唐，巫山下夕阳。徘徊作行雨，婉娈逐荆王。电影江前落，雷声峡外长。霁云无处所，台馆峙苍苍。’李端曰：‘巫山十二峰，皆在碧虚中。回合云藏日，霏微雨带风。猿声寒渡水，树色远连空。愁向高唐去，千秋见楚宫。’皇甫冉曰：‘巫峡见巴东，迢迢出半空。云藏神女馆，雨到楚王宫。朝暮泉声落，寒暄树色同。清猿不可听，偏在九秋中。’”

——（宋）阮阅《诗话总龟》

《巫峡秋涛图》袁耀（清）

巫山与黄鹤楼一样都是名扬天下的胜地，而大诗人白居易过巫山神女祠时，面对繁知一的邀诗，反而阐述旧友刘禹锡“欲留一诗于此，怯而不敢”的经历。

白居易像

宋人阮阅在《诗话总龟》中记录，白居易此去三峡，源于赴忠州刺史任。而繁知一乃籍籍无名诗人，自秭归来巫山，只为一会白居易。繁知一先一步赶到诗人必游之地——巫山神女祠，在粉壁上题了一首诗：“忠州太守今才子，行到巫山必有诗。为报高唐神女道，速排云雨待清词。”白居易到此注意到了此诗，遂邀繁知一相见。但白居易并未留题，而是告诉繁知一，昔日刘禹锡前来巫山，见粉壁上有诸多佳诗，不敢留题，认为沈佺期、王无竞、李端、皇甫冉四人同题诗《巫山高》留题最佳。白居易与繁知一素不相识，且二人差距甚大，只因见繁知一留题巫山便将其找来，与其谈论刘禹锡对巫山留题诗的评赏，无疑是已将繁知一视为文友。而在民间流传的三峡故事中，以“白居易巫山收弟子”为题，将繁知一留题巫山吸引白居易的诗话故事加以演绎，广为传颂。阮阅在《诗话总龟》中的记载，又延续了此则留题诗话故事的传奇。

同时从这则诗话中，也可知在风景名胜之地留题，不仅是文人骚客固有的抒怀方式，更是一种交际手段。秭归人繁知一便是通过巫山留题诗结交了忠州刺史白居易。

诗题桃花夫人墓

牧之《题桃花夫人庙》诗：“细腰宫里露桃新，脉脉无言度几春。至竟息亡缘底事，可怜金谷坠楼人。”仆尝谓此诗为二十八字史论。

——（宋）许颉《彦周诗话》

留题诗虽多数与所题写的名胜风景相关，但创作主体往往还是倾入了浓厚的身世之感，另有一部分留题诗文以咏史为主，表达出诗人对社会、政治的一些见解，借所题咏之地来抒发自己现实中的感慨，如杜牧过桃花夫人墓时所留下的诗。

许颉是南宋人，字彦周，生平事迹无可考，今存《彦周诗话》一卷，录于清代《钦定四库全书》。《彦周诗话》中常记载苏轼、黄庭坚、陈师道诸老诗话，由此可知其宗旨归趣。不过此则留题诗话，却是记载杜牧之事。

杜牧有《题桃花夫人庙》一诗，为七言绝句，诗曰：“细腰

息夫人像

宫里露桃新，脉脉无言度几春。至竟息亡缘底事，可怜金谷坠楼人。”许彦周以为，此诗虽然只有短短二十八个字，却是史论。

桃花夫人又称“息夫人”，是春秋时期著名的美人，本是陈庄公之女，嫁与息国国君。在一次回国探亲时，息夫人借道蔡国，却被蔡侯纠缠戏弄。息侯得知后与楚文王设计报仇，文王借机俘获蔡侯，又听说息夫人美貌，发兵亲征息国，欲霸息夫人。危难时刻，息夫人为避免息国百姓生灵涂炭，自愿嫁入楚国，成为楚夫人。因息夫人容颜绝代，目如秋水，面若桃花，被人称为“桃花夫人”，因此死后葬于桃花夫人庙。桃花夫人庙并非一处，楚地黄陂、河南息县皆有，杜牧所过的桃花夫人墓，乃是河南息县那一座。

由于息夫人是身世特殊的美人，所以历代诗人过桃花夫人墓时，题留有不少诗篇，仅唐朝就有施肩吾的《经桃花夫人墓》、罗

《金谷园图》华喦（清）

隐的《息夫人墓》、刘长卿的《过桃花夫人墓》等，后世亦存宋朝徐照的《题桃花夫人墓》等等。然而许觊却独取杜牧的《题桃花夫人庙》诠释，认为虽仅有二十八个字，却堪称史论。

首句“细腰宫里露桃新，脉脉无言几度春”概括了息夫人的容貌与身世，虽然没有铺叙，却将叙事隐含造语之中。所谓“细腰宫”，即是楚宫，源自“楚王好细腰，宫中多饿死”的典故。此典出自《战国策》：“昔者先君灵王好小腰，楚子约食，冯而能立，式而能起。食之可欲，忍而不入；死之可恶，然而不避。”楚灵王喜欢腰身纤细的人，楚国的士大夫们为了讨好他，都节食减肥以求腰身纤细，即使饿死了也心甘情愿。桃花开于“细腰宫”，却“脉脉无言几度春”，感慨时光的易逝。桃花暗喻桃花夫人的美丽面容，“脉脉无言”表达出桃花夫人对故国故君之思及不得已委身于人的悲痛。

第三句的反问才是诗人的主题：“至竟息亡缘底事？”正是由于息夫人的美貌，才使息国灭亡。息夫人忍辱苟活嫁与楚王，成为楚夫人，虽心有不甘，却终究是祸事根源。末句“可怜金谷坠楼人”一句引绿珠典，（“金谷”即石家名园）。绿珠本是晋代巨富石崇家的乐妓，深得石崇喜爱。权贵孙秀觊觎绿珠美色，向石崇索要，被拒绝。后孙秀将石崇下狱。石崇临捕时对绿珠叹道：“我今为尔得罪。”绿珠含泪回答：“当效死于君前。”遂坠楼而死。绿珠的故事与息夫人类似，皆是面对强权的觊觎，但与息夫人委曲求全不同，绿珠坠楼而亡。在杜牧眼中，“金谷坠楼人”的绿珠决胜

明人《千秋绝艳图》中的绿珠像

过“脉脉无言度几春”的息夫人。虽杜牧诗中对此未尝有褒贬，但一句“可怜金谷坠楼人”却将自己的价值判断和盘托出。清人赵翼在《瓯北诗话》中说：“以绿珠之死，形息夫人之不死，高下自见而词语蕴藉，不显露讥刺，尤得风人之旨耳。”

清人吴乔在《国炉诗话》中提出咏史诗两条标准，一是思想内容要“出己意”，一是艺术表现要“用意隐然”，即要有含蓄的诗味。他举为范例的作品之一便是杜牧的《题桃花夫人庙》。许颉在《彦周诗话》中记录杜牧的留题诗，并将其视为“二十八字史论”，足见许颉对杜牧的观点是认同的。不过，以现世的观点来看，指责一位在强权下委曲求全的弱女子是毫无理由的。杜牧的留题诗《题桃花夫人庙》固然称得上是留题诗中的佳作，但依旧摆脱不了男权思想的桎梏，在评价女性时带有浓厚的封建道德色彩。

从此萧郎是路人——寄赠诗话

古之文人墨客常以诗文互赠，或作交往应酬用，或寄赠给亲朋好友。与今人不同，古之文人交往时，常常以诗会友，以诗言志，将诗歌作为结识朋友的手段。诗人文友之间相互唱和，此谓「酬唱」。诗人们在寄赠诗中表达着多种情感，或诉对天各一方的亲人朋友的思念之情，或描摹状物叙述自己的见闻，但更多的还是抒发对自己遭遇的感慨。其中有贬官谪居的不忿、仕途失意的苦闷、怀才不遇的寂寥、报国无门的激慨、壮志难酬的慨然，以及年华消逝的悲鸣。诸此种种，不一而足。

苏州太守寄赠诗

韦应物为苏州太守，尝有诗赠米嘉荣曰："吹得《凉州》意外声，旧人惟有米嘉荣。近来年少欺前辈，好染髭须学后生。"又尝赴扬州司马杜鸿渐宴，醉宿驿亭，醒见二佳人在侧，惊而问之，乃曰："郎中席上与司空诗，因令乐妓侍寝。"问："记其诗否？"一妓强记，乃诵之曰："高髻云鬟宫样妆，春风一曲《杜韦娘》。司空见惯浑闲事，断尽苏州刺史肠。"

——（宋）佚名《古今诗话》

据《古今诗话》载，唐代诗人韦应物当苏州太守时，曾经写诗一首赠米嘉荣："吹得《凉州》意外声，旧人惟有米嘉荣。近来年少欺前辈，好染髭须学后生。"韦应物曾经赴扬州司马杜鸿渐的宴席，醉酒后夜宿驿亭。他醒来后看见有两位佳人在一旁，惊奇地问对方是谁。佳人告诉韦应物，他因在席上赠诗给司马杜鸿渐，故杜鸿渐命乐妓侍寝。韦应物问她们是否还记得诗句，其中一位记忆力好的乐妓吟诵了出来："高髻云鬟宫样妆，春风一曲《杜韦娘》。司空见惯浑闲事，断尽苏州刺史肠。"

韦应物像

韦应物（737—约789），长安（今陕西西安）人，唐代著名诗人，因出任过苏州刺史，世称"韦苏州"。他的诗风恬淡高远，以擅长写景和描写隐逸生活著称。从《古今诗话》记载的内容看，韦应物分别为米嘉荣与扬州司马杜鸿渐寄赠诗篇。米嘉荣是唐代著名的艺术家，为西域米国人，因歌唱技艺高超，为皇帝赏识，提拔为朝廷供奉，任首席乐官。然而诗论者记载有误，此寄赠诗并非出自韦应物之手，而是刘禹锡所作。虽《古今诗话》对《与歌者米嘉荣》一诗的作者刊载有误，但此诗确为一首寄赠诗歌。米嘉荣作为一名音乐家，与朋友刘禹锡常在一起交流艺术、谈论时事。米嘉荣教会刘禹锡许多西域歌曲，使之深受启发。刘禹锡通过吸收融汇巴蜀民歌音乐素材，创造了一种独特的诗体——竹枝词，并因风格清新脱俗，风靡一时。刘禹锡曾辅佐王叔文执政，进行改革。不久王叔文被贬，刘禹锡也受牵连，贬为朗州司马，外放二十余年方回到京城。此时宫廷的艺人中已无甚故人，唯有米嘉荣仍在，一句"旧人惟有米嘉荣"诉尽白头重逢的万千感慨。而"近来年少欺先辈， 好染髭须学后生"则融入了诗人仕途失意的苦闷，借寄赠劝慰米嘉荣以抒发自己的辛酸愤世之情。这看似平淡诚恳地劝诫，实则是对无情世事的极尽嘲讽。诗句于正中见反，于平和中见激荡，更能使人体会到诗人不为社会重视的苦闷。

另一首《赠李司空妓》的作者亦是刘禹锡，《古今诗话》之所以张冠李戴成韦应物，盖是因“断尽苏州刺史肠”一句。韦应物曾任苏州刺史，素来有“韦苏州”之称，诗论者见“苏州刺史”便以为作者定然是韦应物，殊不知曾任苏州刺史者非仅他一人，白居易、刘禹锡也曾任此职。此诗为刘禹锡寄赠给李绅家歌妓。李绅幼年丧父，由母教以经义。他在青年时目睹农民终日劳作而不得温饱，以同情和愤慨的心情，写出了千古传诵的《悯农》两首：“锄禾日当午，汗滴禾下土。谁知盘中餐，粒粒皆辛苦。”“春种一粒粟，秋收万颗子。四海无闲田，农夫犹饿死。”

刘禹锡任职苏州刺史期间，曾应邀参加扬州节度使李绅的宴会，见一名歌妓色艺双绝。酣畅淋漓间，刘禹锡颇多感慨，题赠此诗。前两句描述歌宴上歌女的曼妙之姿，云鬓高耸、妆容精致，一曲《杜韦娘》更是如莺声流转。此般觥筹交错、热闹非凡的景象是李绅习以为常的，而诗人却从未见得，偶一见之，则“断尽苏州刺史肠”。此诗流传甚广，而成语“司空见惯”也由此诗而来。也正是刘禹锡的这首诗让后世人看到以《悯农》闻名于世的诗人李绅的另一张面孔：在轻歌曼舞间奢侈无度。

《古今诗话》记载《与歌者米嘉荣》、《赠李司空妓》二诗有其深意，皆是寄赠诗歌的典型情境。前者是诗人历经二十余载的外放生涯之后，赠给故人的诗篇；后者是诗人在歌宴上的酬唱之作。二诗因诗境不同，所抒发的情感也大相径庭。《与歌者米嘉荣》诉尽在尘世中的不得志，而《赠李司空妓》则借寄赠歌妓，言说对李绅花天酒地奢靡成风的痛心，有强烈的社会现实意义。

劝夫寄赠意不同

杜羔妻刘氏善为诗。羔累举不第，将至家，妻即先寄诗与之曰："良人的的有奇才，何事年年被放回！如今妾面羞君面，君若来时近夜来。"羔见诗，即时回去，寻登第。妻又寄诗云："长安此去无多地，郁郁葱葱佳气浮。良人得意正年少，今夜醉眠何处楼？"

——（北宋）钱易《南部新书》

《南部新书》为北宋钱易所撰，是宋代笔记小说，共分 10 卷，计 800 余条内容，其中相当一部分为诗话。此则夫妻寄赠诗即是《南部新书》所载，后被阮阅录入《诗话总龟》中。

寄赠诗大多是文友之间交际应酬的手段，但也有夫妻间的诗文寄赠。杜羔妻子刘氏善写诗。杜羔科举时屡屡名落孙山，返程归家即将到达之时，妻子先寄诗一首，诗曰："良人的的有奇才，何事年年被放回！如今妾面羞君面，君若来时近夜来。"杜羔见诗，大

西安古城墙（图片提供：微图）

受刺激，于是回头赴长安苦读，不久后便中了举。妻子知晓夫君中举，又寄一首诗曰："长安此去无多地，郁郁葱葱佳气浮。良人得意正年少，今夜醉眠何处楼？"

唐人杜羔，贞元（785—805）初及进士第，后任振武节度使，以工部尚书致仕。当年杜羔科举下第之时，妻子觉颜面无光，"妾面羞君面"，并寄诗相讥讽，问杜羔若真的才华横溢，又为何会每次都名落孙山？如此她还不解气，得知杜羔已从长安打道回府即将到家，于是又要特意叮嘱杜羔趁着夜晚无人看见再回来，若被人撞见相问科举结果如何，则太丢人现眼。尔后杜羔勤勉读书，终于及第，但久滞长安未归家。这时，妻子寄来的诗篇全然不是嘲讽口吻，而是颇多幽怨：自己的夫君少年得志，今夜又不知醉眠何处了。

杜羔夫人刘氏的诗歌在艺术上并未有甚可取之处，而前后两首诗篇心态的变化却令人玩味。科举是封建王朝选拔官吏的一种制度，中举意味着即将到来的功业和名声。刘氏期盼丈夫杜羔考场得意，尔后“觅封侯”；但杜羔真的中举之后，刘氏却流露出悔意。此则诗话中刘氏诗歌所表达出的闺怨同王昌龄的《闺怨》一诗有异曲同工之妙：“闺中少妇不知愁，春日凝妆上翠楼。忽见陌头杨柳色，悔教夫婿觅封侯。”“长安此去无多地，郁郁葱葱佳气浮”便是春色，与“陌头杨柳色”一般，春光勾连起许多刘氏未明确意识到过的感触与联想：郁郁葱葱的树木也会衰落，如同青春易逝，而夫君远在长安，与自己相隔甚远。时光流逝、春情易失，不知夫君“今夜醉眠何处楼”。她的幽怨中暗含醒悟：悔恨当初怂恿夫婿“觅封侯”。诗中虽并未刻意写怨愁，但愁怨之深重已显露无遗。

阮阅收录此则诗话入《诗话总龟》，想必也是看重前后两首劝夫诗的不同，前一首以讽刺来鞭笞夫君进取拼搏，后一首则在柔肠百结间隐含着某种焦虑、盼望与担心。夫妻之间的寄赠诗歌本已不多见，而似刘氏这种“善为诗”的女子更是稀少，因此也更显珍贵，亦为诗话史平添了几分趣味。

崔郊做诗赠佳人

唐末士子崔郊，姑有婢端丽，郊窃爱之。他日，鬻婢于襄阳司空于頔，得钱四十万。因寒食出游，婢见郊，立于柳阴下，郊因作诗随以赠之曰："公子王孙逐后尘，绿珠垂泪滴罗巾。侯门一入深如海，从此萧郎是路人。"疾郊者录诗以示頔。頔召郊，执其手曰："诗，公所作也。四十万小哉，何不早言！"因以婢赠之。

——（唐）范摅《云溪友议》

唐人范摅，本籍吴地而客居越地，自号"五云溪人"，故书名为《云溪友议》。此书载开元以后异闻野史，尤以诗话为多。其所录诗及本事，有为他书所不载者，遗篇琐事有不少靠该书得以流传。崔郊写诗寄赠佳人即为其中之一。

唐朝末年的士子崔郊，其姑母有一位端庄美丽的婢女，崔郊心意属之。不料一日，姑母将婢女卖给了襄阳司空于頔，卖得四十万钱。后来在寒食节时出游时，那个婢女见到崔郊等在柳树下，两人相见，感伤不已，崔郊因此作诗一首赠给佳人：

公子王孙逐后尘，绿珠垂泪滴罗巾。
侯门一入深如海，从此萧郎是路人。

嫉妒崔郊的好事者将此诗记录下来，拿给于頔看，于頔将崔郊招来，拉着他的手说："此诗是你所作。四十万只是小钱，为何不早说？"遂将婢女赠给崔郊。

《云溪友议》所记载的这则寄赠诗话后又被宋人阮阅载入《诗话总龟》中，置"寄赠门"下。在历代寄赠题材的诗作中，这首《赠婢》无疑是最广为人知的诗篇之一。诗写自己所爱的人被劫夺，抒发这种爱而不得的悲哀。追求者之悲，本是恋情中最常见的情感，但由于崔郊的高度概括，使之突破了个人悲欢离合的局限，更反映了古代由于门第悬殊造成的爱情悲剧。

首句使用侧面烘托的手法来突出女子的动人容貌，"公子王孙"竞相追求；第二句以"垂泪滴罗巾"的细节表现出女子身不由己的痛苦，并引"绿珠"典来说明。此诗中"绿珠"的典故具有双重所指：一是言婢女如绿珠一样，有倾国倾城的容颜，二是以绿珠的不幸遭遇暗示婢女为他人所有后的不幸命运。婉转言语中表露出对王孙公子们的愤恨，以及对无法掌控自己命运的女子的同情与爱怜。

双髻长服侍女俑（唐）

“侯门一入深如海，从此萧郎是路人”一句已是千古绝唱：权贵豪富的“侯门”一入，从此旧日情郎便已是路人了，不管女子自己愿意与否，则结局已定。全诗看似平静陈述，符合赠给婢女诗作的口吻，但诗人内里的痛苦，则蕴含在短短的诗篇中。侯门“深如海”，这一形象比喻显示了以后见面的困难重重；而“一入”、“从此”两个关联词语所表达的语气中，更是透露出一种深沉的绝望，远胜直白的抒情，以哀感而动人。

而襄阳司空于頔的高风亮节更是成就一段佳话。面对有情人的情深义重，“侯门”中人大度以对，让崔郊将婢女领走，被传为诗坛佳话。

若说范摅《云溪友议》的记载让这则寄赠诗的本事流传于世，那么阮阅在《诗话总龟》中的收录便让此诗话故事进一步传播。崔郊寄赠佳人的诗话，因其独特的传奇色彩为寄赠类诗话凭添出几分温情与动人。

宾客往来亦风流——宴游诗话

古代诗词中，有相当一部分写宴饮游乐之趣。宴游诗是古老的诗歌题材之一，最早可追溯至三国时期，曹操所作四言诗《短歌行》与古诗十九首中的《今日良宴会》皆是宴游诗的代表。诗话作品中也有相当一部分内容，是对宴游诗话的记载。宴游诗既然是在宴会与游玩中产生的，便脱离不开对君主的歌功颂德或对江山美人的爱慕之情，其中也有对自己身世的感慨。部分宴游诗对宴饮场景的描写极其细致，是文人骚客悠游生活的一个缩影。

蜀后主醉妆宴游

蜀后主自裹小巾，其尖如锥，卿士皆同之。宫妓多衣道服，簪莲花冠，每侍燕酣醉，则容其同辈免冠，髽然其髻，别为一家之美。因施胭脂，粉颊莲额，号曰醉妆。国人效之。又作歌词云："这边走，那边走，只是寻花柳。那边走，这边走，莫厌金樽酒。"又嬖佞韩昭、顾珣、潘迎等为狎客，竞扠手摇头令。唐师入境，遏其报而游幸，师至利州方知。将士纷然曰："且打扠手摇头。"念周宣帝作歌曰："自知身命促，把烛夜行游。"令宫女连臂踏脚而歌，亦前歌之类。

——（宋）孙光宪《北梦琐言》

《北梦琐言》是唐五代笔记小说集，作者为宋人孙光宪，本有三十卷，而今仅存二十卷。《北梦琐言》记载了唐武宗至五代十国的史事，包含诸多文人士大夫言行与政治史实，为研究晚唐五代史提供了可贵材料，其中亦有许多诗话记录。此则蜀主宴游诗话被宋人阮阅收录入《诗话总龟》中。

唐朝宴游诗颇多，这与帝王重视节日宴乐密切相关，到了五代时期，蜀国偏安一隅，避开中原连年战火，宴游之乐不减唐朝廷，甚至有过之而无不及。据载，前蜀后主王衍好奇装异服，常裹小巾，而公卿大臣也学他一样装束。宫里的宫妓头戴莲花冠，身穿云霞彩饰的道衣，宴游时醉酒酣睡，免冠挽髻，别有一番风韵。因这些宫妓面施胭脂，粉颊莲额，故这种妆容被称为“醉妆”，蜀国人皆效仿。王衍作《醉妆词》曰：“这边走，那边走，只是寻花柳。那边走，这边走，莫厌金樽酒。”他所宠爱的佞臣韩昭、顾珣、潘迎等人不理朝政，以至于唐朝大军入境之时，为不扫后主王衍的游玩兴致而阻止军报。等到唐军已至利州，王衍方知。其将士纷纷议论：“让那些摇头晃脑吟诗之人去打仗吧。”史上周宣帝也耽于玩乐，曾令宫女手挽手臂连臂顿足踏地歌舞，并作诗歌曰：“自知身命促，把烛夜行游。”前蜀王

陶乐舞俑（唐）

衍的《醉妆词》与周宣帝诗异曲同工，都是亡国之音。

前蜀后主王衍（899—926），本名王宗衍，是前蜀高祖王建的第 11 子。在位九年，热衷于宴游玩乐，贪淫好色，穷奢极欲，重用佞臣，致国力日衰。925 年，后唐庄宗李存勖派兵攻打前蜀，王衍带着棺材，自缚出降，前蜀灭亡。王衍被封为通正公，后来在前往洛阳的途中被杀，死时 28 岁。

王衍喜好诗文，尤善艳词，曾集录古今艳诗二百篇，编为《烟花集》五卷，已佚，《全唐诗》录其二首。《醉妆词》从艺术上来说没有什么可取之处，从中只能看出王衍作为一个荒淫无度又知音好文的君主，对世俗享乐生活的竭力追求。孙光宪又以南北朝时期北周宣帝宇文赟的《连臂踏蹀歌》“自知身命促，把烛夜行游”来与王衍的《醉妆词》相比，二者不光同为宴游诗，且都是出自亡国之君的亡国之音。

因此可以说，与其说孙光宪是在品读《醉妆词》与《连臂踏蹀歌》，不如说他是在以史为鉴，让这些因耽于玩乐而亡国的末代君主来给后人以借鉴。而阮阅在《诗话总龟》中录入此则诗话，关注点亦在此。“亦前歌之类”一句，言明亡国之音大抵类似。周宣帝秉烛夜游只是因为“自知身命促”，这其中既有亡国之君对末日即将到来的敏感，亦有向感性生命悉数倾注的及时行乐之思。这种不顾道德正义的放纵情欲显然为孙光宪与阮阅所不喜，故而记载此则诗话，以警示后人。

金嵌珠杯盘

黄叔达骑驴高歌

双井黄叔达，字知命。初自江南来，与陈履常俱谒法云禅师于城南，夜归过龙眠居士李伯时。知命衣白衫，骑驴，缘道摇头而歌，履常负杖挟囊于后，一市皆惊，以为异人。伯时因画为图，而邢敦夫为作歌曰：“长安城头乌夜栖，长安道上行人稀。浮云卷尽暮天碧，但见明月流清辉。君独骑驴向何处，头上倒着白接䍦。长吟搔首望明月，不学山翁醉似泥。到得城中灯火闹，小儿拍手拦街笑。道旁观者那得知，相逢疑是商山皓。龙眠居士画无比，摇毫弄笔长风起。酒酣闭目望穷途，纸上轩昂无乃似！君不学长安游侠夸年少，臂鹰挟弹章台道。君不能提携长剑取灵武，指挥猛士驱貔虎。胡为脚踏梁宋尘，终日飘飖无定所！武陵桃花春欲暮，白水青山起烟雾。竹杖芒鞋归去来，头巾任挂三花树。”惇夫时年未二十。

——（宋）王直方《王直方诗话》

宴游之乐不仅为君主所享受，文人骚客亦喜宴游。文人们进行的宴游活动丰富而频繁，吟诗作赋，同题共作，是文友间的聚会。宋代文士热爱交游，往来间常有佳作存世。

黄叔达，字知命，为分宁双井（今江西修水）人，是北宋著名诗人黄庭坚的弟弟。据《王直方诗话》所载，黄叔达初自江南来时，与诗人陈师道（字履常）去城南拜谒法云禅师，夜晚归来，从大画家、龙眠居士李公麟（字伯时）处经过。黄叔达穿一身白衫，骑驴沿着道路边走边摇头而歌。陈师道挟着背囊，拄杖跟在后面。看见他们的人都很惊异，以为黄叔达一定不是平常人。李公麟将此景画为一图，而黄庭坚的好友、诗人邢敦夫为其作诗一首。此时黄叔达尚未满 20 岁。

陈师道与黄庭坚同为“苏门六君子”，是江西诗派的代表人物，二人关系十分密切。相较兄长黄庭坚的诗名在外，胞弟黄叔达名望较小，但一身白衫、骑驴高歌，亦可见其名士风流。邢敦夫为黄叔达

《骑驴图》张路（明）

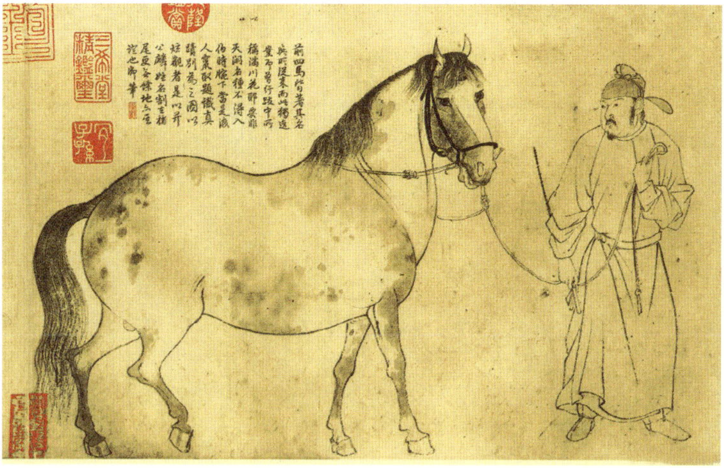

《五马图》【局部】李公麟（宋）

作长诗，歌颂其人丰神如玉的神仙之姿。当时黄叔达年未满二十，但在邢诗中却有“道旁观者那得知，相逢疑是商山皓”一句。此句取自汉惠帝刘盈典故。“商山皓”即“商山四皓”，是秦始皇时期的四位博士：东园公唐秉、夏黄公崔广、绮里季吴实、甪里先生周术。这四人在秦宫中通古今、辨然否、典教职，后来隐居商山。他们曾经向汉高祖刘邦劝谏不可废去太子刘盈（即后来的汉惠帝）。因商山四皓乃白发苍苍八十岁的老者，故名。由此可见邢敦夫对黄叔达的看重，认为其虽年少，却可以与满腹经纶的智者相比。“君不学长安游侠夸年少，臂鹰挟弹章台道。君不能提携长剑取灵武，指挥猛士驱貔虎。”黄叔达并非是提携长剑的长安游侠，而是“武陵桃花”深处的隐者，可以“竹杖芒鞋归去来，头巾任挂三花树”。

一次宴游，僧人、诗人、画家，高歌、作诗、作画，可见宋人的“举世重交游”。王直方记录此则宴游诗话，大约也是因为此。

二老来往亦风流

杭州辩才老师退居龙井，不复出入。子瞻往见之，常出至风篁岭。左右惊曰："公复过虎溪矣。"辩才笑曰："杜子美不云乎：'与子成二老，来往亦风流。'"因作亭岭上，名"过溪"，亦曰"二老"。

——（宋）阮阅《诗话总龟》

宋人的交游极其广泛，以各种社会关系形成不同的交往圈，同年之谊、僚友之情，交承之雅，乡曲之好，姻亲之契，朋党之旧，方外之缘，逸老之会等等，皆是宋人交往的重要方式。北宋文人中，苏轼可称得上是交游广泛，与三教九流皆有来往。在与苏轼往来的方外之人中，杭州的辩才法师算是重要的一个。

此则诗话源出苏轼尺牍《次辩才韵诗帖》，阮阅将其收入《诗话总龟》中，题名《纪诗》，分入宴游门中。《武林旧事》、《咸淳临安志》等书均收录此则诗话。

杭州风篁岭的龙井泉

此诗为苏轼元祐五年（1090）十二月十九日所作。辩才法师是杭州于潜人，本居上天竺寺，说法二十余年，后退居龙井，燕居行道者十年。辩才法师沉浸佛法奥妙之中，一心修行，不复外出。但苏轼外任为杭州太守时，常去龙井禅寺相见，辩才法师往往相送至风篁岭。周围人惊叹："辩才法师又重过虎溪！"辩才法师笑言："杜甫不是曾经说过么？'与子成二老，往来亦风流'。"

此则宴游诗话，真真有名士风范。"公复过虎溪矣"引"虎溪三笑"的典故。相传东晋时，东林寺主持慧远法师每日潜心佛法，在寺院深居简出，"影不出山，迹不入俗"。他送客或散步，从来不会逾越寺门前的虎溪。某日，诗人陶渊明与道士陆修静来访，三人相谈甚欢。送行时，慧远法师不知不觉过了虎溪，直到后山传来老虎的低吼声，三人方才恍然大悟，相视而笑。"虎溪三笑"的典故在后世的流传中广为人知，李白《别东林寺僧》中有“何烦过虎溪”句，宋代画家石恪也绘有《虎溪三笑图》，因为此典故反映了儒、释、道三家相互交融的一面，所以为历代名士所欣赏。而苏轼作为生活在北宋中晚期的士大夫，深受当时儒、释、道三家文化融合交流的影响，学贯儒、释、道，其人生观与世界观中皆有三教的成分。因此辩才法师送行时过风篁岭，苏轼引“虎溪”典故，也算是别有深意。而辩才法师则引杜甫《寄赞上人》诗中的名句“与子成二老，来往亦风流”。孟子曾将伯夷、吕尚这两个有声望的老人称为“二老”，故后世将同时齐名的人亦称为“二老”。辩才法师所指“二老”，乃是自己与苏轼，可见辩才法师亦看重与苏轼之间的交谊，觉得“来往亦风流”。

苏轼为北宋最负盛名的士大夫之一，辩才法师亦是钱塘闻名的高僧大德，二者之间的往来交游，可称美谈。阮阅将此则宴游诗话收入《诗话总龟》中，也有时代的考量。历史上士大夫于僧人的交游由来已久。佛教传入之初，魏晋名士如王羲之、谢灵运、陶渊明等人便与僧人宴游，虽然内容仅限于传播佛教教义或诗友相聚，但此宴游过程也是文化互相融合的过程，佛教融入了儒道文化，佛教进一步玄学化。隋唐时期的士大夫与僧侣的交游更加频繁，彼此也结下了深厚的友谊，佛教日渐鼎盛。行至北宋时期，士大夫与僧人的宴游可称得上是一时风尚，居士佛教兴盛，艳词流行，禅僧、侍僧广布，在此种崇佛浓郁的背景之下，士大夫与僧侣的交游也就不足为奇了。

芙蓉城主为鬼仙——神仙诗话

神仙是宗教信仰中最高层次者的统称，对信仰者来说神圣无比。凡人皆有烦恼忧愁，世间唯神仙最逍遥，不生不死，神灵永远不灭。而凡人在红尘俗世中，生死繁衍，得、失、苦、乐、情、欲相，较之神仙，自然已失第一义。因此，人们热衷于对神仙世界幻想与构建，并希冀从中得到心理慰藉。

早在《山海经》中，便有神仙之思：在《海内经》、《海外经》与《大荒经》中，有不死国、不死民、不死山与不死树，以及提炼不死药物的人物巫祝。在后世的发展中，神仙系统被注入新的元素，《神仙传》、《列仙传》中皆著述多位神仙。儒与道各存一套神仙体系，相互对应。

神仙可学道之余

有道人过沈东老饮酒，用石榴皮写绝句壁上称回山人。东老送出门，渡桥不知所往。或曰此吕洞宾也。仆见东老子偕道其事，为和此诗。后复与偕遇钱塘，更为书之。回山人诗云：“西邻已富忧不足，东老虽贫乐有余。白酒酿来缘好客，黄金散尽为收书。”东坡和曰：“世俗那知贫是病，神仙可学道之余。但知白酒留佳客，不问黄公觅《素书》。”“符离道士晨兴际，华岳先生尸解余。忽见《黄庭》丹篆字，犹传青纸小朱书。”“凄凉雨露三年后，仿佛尘埃数字余。至用榴皮缘底事，中书君岂不中书？”

——（北宋）苏轼《东坡诗话》

古人相信彼岸世界也是必然，何况永生不死的世界是如此的美好，虽身不能至，却心已属之。因此，虽然孔子有“子不语怪力乱神”的劝诫，但后世的文学作品中还是涌现出大量的神怪题材，诗话中也有颇多关于神仙内容的记录。

《吕洞宾像》曾鲸（明）

据《东坡诗话》所记载，有位道士同沈东老一同饮酒，用石榴皮写了一首绝句，自称“回山人”。东老送其出门，道士渡桥后便不知所踪。人们都说此“回山人”即是吕洞宾。苏轼因听见东老儿子偕说此事，便和了一首诗，后来在杭州与偕偶遇，又特意将此诗手书。“回山人”诗曰：“西邻已富忧不足，东老虽贫乐有余。白酒酿来缘好客，黄金散尽为收书。”而苏轼则和诗三首，一曰：“世俗那知贫是病，神仙可学道之余。但知白酒留佳客，不问黄公觅《素书》。”二曰：“符离道士晨兴际，华岳先生尸解余。忽见《黄庭》丹篆字，犹传青纸小朱书。”三曰：“凄凉雨露三年后，仿佛尘埃数字余。至用榴皮缘底事，中书君岂不中书？”

《东坡诗话》原二卷，今本一卷，共记录三十二条诗话，旧题苏轼撰，《郡斋读书志》与《通志·艺文略》皆有著录，《诗话总龟》和《苕溪渔隐丛话》曾摘引其文。诗话中的道人“回山人”乃是神仙，诗作七绝一首，夸赞沈东老安贫好客，酿成白酒与客对酌，千金散尽只为收书。“回山人”是道教“八仙”之一吕洞宾的别称。对于苏轼此则诗话中记载之事，后世也有较为统一的判断：北宋以后，历代有人假托五代道士吕洞宾之名，或称“回道士”，或称“回客”，或称“回山人”等，行种种奇异之事，故神话故事迭出不穷，也正因此，民间信仰吕洞宾者甚盛。

此诗虽是夸赞沈东老的美德，却可看出诗人豁达的人生态度。苏轼和的三首诗明显流露出自己的神仙之思，第一首“神仙可学”，而凡人只知道“白酒留佳客”，却不识仙人真面目，“不问黄公觅《素书》”。《素书》相传为秦末黄石公所作，通书以道家思想为宗旨，被民间视为奇书、天书，从诗中可知，遇仙人觅《素书》是苏轼自己心中所思所想。第二首头两句连引“符离道士”、“华岳先生”等道家典故，来营造玄幻其妙的神仙世界；后两句则是对“回山人”的赞赏，昔日“回山人”用石榴皮在壁上写出的诗句如同道教《黄庭经》里的丹篆字一样。苏轼对“回山人”的仰慕之情溢于纸上。第三首则又回到沈东老，苏轼杭州偶遇沈东老儿子偕时，得知沈东老已于遇到“回山人”后的第六年去世，至今已三载。因此，这首诗既有对故友的思念与感伤，又有对神仙世界的向往，“凄凉雨露”中，沈东老驾鹤西去已三载，而一切仿佛如梦如幻。昔日“回山人”用石榴皮为沈东老题诗，而沈东老却并未长寿，“中书君岂不中书”，引韩愈《毛颖传》皇帝讥笑毛颖之典故，感慨“回山人”虽道法高深，却并未令沈东老长存。

在宋朝的文人中，苏轼的神仙思想可算是十分浓厚的。早在其少年时首次出川路过仙都山时，便题咏出诸如《仙都山鹿》之类作

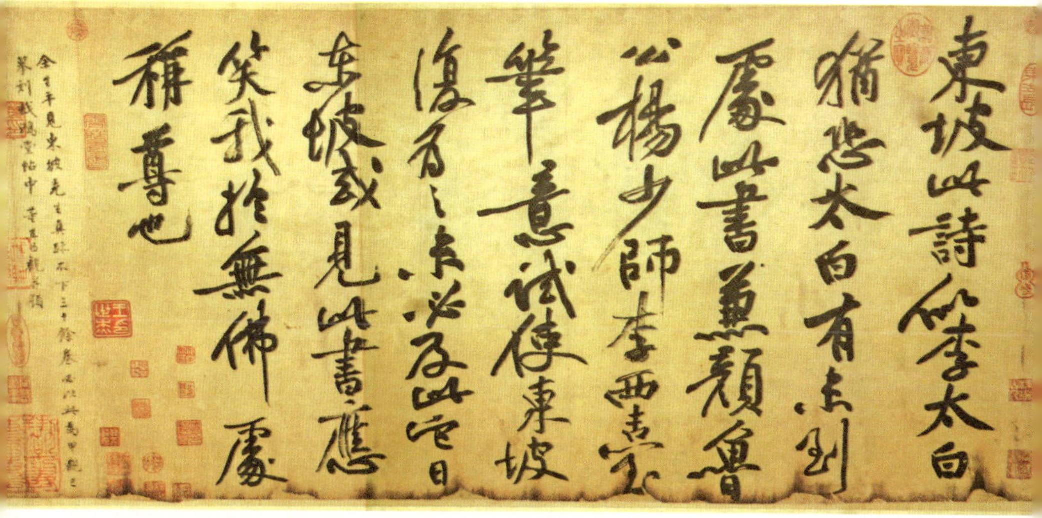

《黄州寒食诗帖》苏轼（北宋）

品，借歌咏一只传说中被仙人遗失的鹿来表达自己“日月何促促，尘世苦局束”的苦闷，叹人生光阴短暂，恨不能随仙人去仙宫。诗中的仙鹿既是仙都山中时而长鸣的鹿，又是诗人自喻，诗人自己对神仙世界憧憬无限，亦是被遗失在尘世的“仙鹿”。

神仙思想伴随苏轼终身，和“回山人”诗时苏轼已是年逾五旬的老人，然修道之心不减当年，反而与日俱增，感慨“神仙可学道之余”。值得一提的是，“回山人”以石榴皮题写的诗句所传甚广，陈师道亦作《次韵回山人赠沈东老二首》，可见时人对此神仙事的重视。

蓉城主人石曼卿

石曼卿自少以诗酒豪放自得，其气貌伟然，诗格奇峭，又工于书，笔画遒劲，体兼颜、柳，为世所珍。余家尝得南唐后主澄心堂纸，曼卿为余以此纸书其《筹笔驿诗》。诗，曼卿平生所自爱者，至今藏之，号为三绝，真余家宝也。曼卿卒后，其故人有见之者，云恍惚如梦中，言我今为鬼仙也，所主芙蓉城，欲呼故人往游，不得，忿然骑一素骡去如飞。其后又云，降于亳州一举子家，又呼举子去，不得，因留诗一篇与之。余亦略记其一联云："莺声不逐春光老，花影长随日脚流。"神仙事怪不可知，其诗颇类曼卿平生语，举子不能道也。

——（北宋）欧阳修《六一诗话》

石曼卿（992—1040）是北宋著名的文学家，名延年，字曼卿，别号葆老子。如欧阳修所载，其人工诗，擅书法，著有《石曼卿诗集》。石曼卿为人豪放旷达，不拘小节，因此交友颇广，与欧阳修、梅尧臣、蔡襄等文学家皆为好友。可惜他48岁便英年早逝，死后众友人皆有诗文相祭。

欧阳修像

据欧阳修《六一诗话》所载，石曼卿少年时便以诗酒豪放闻名，其人气概不凡，容貌甚伟，诗歌风格奇崛峭拔，又善书法，笔画遒劲有力，字体兼有颜真卿、柳公权之体，为世人所珍爱。欧阳修曾得到南唐后主澄心堂纸，石曼卿在纸上书写了自己平生中最爱的一首《筹笔驿诗》。欧阳修将其收藏，并号为好纸、好书、好诗“三绝”，成为自家的传家宝。石曼卿去世后，有故人说恍惚在梦中还见过他：石曼卿自称已经为鬼仙，主管芙蓉城，呼唤故人与其同游，却不得，于是愤愤然骑一匹素骡飞驰而去。之后又有人言，石曼卿降于亳州一个举子的家中，呼唤举子同去芙蓉城，又不得，因此留下一首诗篇。欧阳修记下其一联：“莺声不逐春光老，花影长随日脚流。”欧阳修说，神仙事不得而知，但此诗句风格，却类似石曼卿素日所言，亳州举子定然是写不出的。

欧阳修虽说“神仙事不得而知”，但却又笃定地说流传的诗句“颇类曼卿平生语”，可见心中已认定此“神仙事怪”为真事，而旧友已为芙蓉城主人。此则神仙诗话的流传有多重因素：其一，石曼卿非循规蹈矩之人，生前便有诸多传奇事迹。如石曼卿在开封时曾遇到一位酒友名刘潜。二人皆海量，在酒楼中对饮一整天，居然双双面无酒色，引得京城中人尽知。其二，石曼卿其人本身便具有隐逸神仙色彩，因其才华横溢却久仕不遇，便寄情山水，饮酒为乐，常往著名的宫观太清宫附近的隐山、隐灵山一带游乐，并曾作《太清宫九咏》。此诗虽已失传，却可在范仲淹为其所作的序中得知内容一二：“余友

《红白芙蓉图》李迪（北宋）

曼卿，将命斯来，实懂宫事，嗜道之外，乐于声诗，览灵仙之区，异其八物，盖以宫题，而成九咏。”可见石曼卿此诗中题咏的乃是道家之事。其三，欧阳修所记此则诗话，不仅因为自己与石曼卿交好，更因为欧阳修本人亦对神仙事笃信不二。北宋时期，宋真宗利用道教天神下天书等神迹来神化其统治，这些对神仙信仰的发展都具有很强的推动作用。欧阳修虽为儒生士大夫，但晚年却常着“羽衣道服”，诗文中也对神仙信仰颇多关注，留下了大量的相关诗歌作品。因此，他对亡故好友石曼卿死后成为芙蓉城主人的记载便有迹可循了。

仙女留诗湘妃庙

有客泊湘妃庙前，夜半偶不寐，见舆卫入庙中，置酒鼓琴，心悸不敢窥。迨明方散，隐隐绝水浮空去。因入庙中，见诗四句，墨色犹未干，云："碧杜红蘅缥缈香，冰丝弹月弄新凉。峰峦向晓浑相似，九处堪疑九断肠。"神怪不足言，但诗殊佳，故录之。

——（宋）许顗《彦周诗话》

据《彦周诗话》记载，曾有人客泊湘妃庙前，夜半未眠，见有驾车卫士进入庙中，饮酒操琴，见者心悸，不敢再窥。等到天明，驾车卫士方才离开，从水面上隐隐约约漂浮而去。见者入庙中，看见墙壁上留有四句诗，墨色还未干。诗云："碧杜红蘅缥缈香，冰丝弹月弄新凉。峰峦向晓浑相似，九处堪疑九断肠。"许顗以为，神怪之言不足为信，但诗歌却很不错，特录入诗话中。

湘妃庙，亦名湘山祠，在湖南湘阴县北湘江入洞庭湖处，其历史最早可追溯到秦始皇二十八年（前219）。庙中供奉的是上古君王虞舜的两个妃子娥皇、女英。二妃都是帝尧之女，一同下嫁于舜。相传在舜晚年时，在南巡途中崩于江南苍梧（今湖南零陵九嶷山），二妃十分悲痛，泪水浸染了山中的竹子，泪斑久久难以脱落，使江南的竹子渐渐长成了斑竹。蛾皇、女英最后跳进湘江，追随舜帝而去。后来人们为了纪念她们，将蛾皇、女英奉为湘水之神，又叫“湘夫人”，建庙祀奉，而江南的斑竹被称为“湘妃竹”。湘妃庙中供奉的是两位佳人，而庙宇所在之处正对浩浩荡荡的洞庭湖，所以自古便留下许多神异的传说，许多文人名士前来瞻仰凭吊，写下不朽的诗作。与上述苏东坡、欧阳修所录入的神仙诗话不同，许顗不信这些神仙鬼怪之言，所以其诗话关注点在庙中诗歌的“殊佳”，而不似《东坡诗话》、《六一诗话》中花大篇幅记录神仙异事。

《彦周诗话》所记，驾车卫士所作的诗为一首山水诗。“碧杜”、“红蘅”代指各色香草，散发出隐隐约约若有若无的香气；“冰丝弹月弄新凉”更是勾勒出一幅清凉寂静的场景。“峰峦向晓浑相似，九处堪疑九断肠”，写得空灵绝尘。此诗虽出自无名氏之手，却回味悠长，当真有一段婉转风流在其中，毫无尘世中烟火之气，有仙境蓬莱的神仙之气。

此诗因“殊佳”，不仅宋代许顗在《彦周诗话》中载入，明代杨慎也在其《乐府诗话》中转载，取名《仙女湘妃庙》以记之。可知神仙之事虽并非人人喜言，但精妙绝伦有神仙之气的诗歌却得历代诗论者所喜爱。

语不惊人死不休——苦吟诗话

所谓苦吟，即反复吟咏诗文，苦心推敲，意指作诗极为认真。唐人卢廷让曾经赋诗一首，题名《苦吟》，其中「吟安一个字，捻断数茎须」广为传唱，因其形象生动地描述了诗人殚精竭虑地做诗的状态。中国古代文论中有「炼字炼句」一说，即根据诗文内容与意境的需要，精心挑选最贴切、最富有表现力的字词来表情达意，其目的是以最恰当的字词来贴切生动地表现人或事物。

老杜良工用心苦

唐人为诗，常积思数十年，然后各自名家。杜少陵云："更觉良工用心苦。"岂特我哉！

——（宋）佚名《古今诗话》

唐代优秀的诗歌如潮，优秀的诗人如林，其中有李白这种天才型诗人，创作诗歌如随口歌唱，"绣口一吐便是整个盛唐"。但行至盛唐，诗歌已到达巅峰时期，故而中、晚唐的诗歌艺术向着求新求变化的方向发展，表现在技法上，便是趋向精工细琢的苦吟。

作为唐代最伟大的诗人之一，杜甫的诗包罗万象，因"善陈时事，律切精深，至千言不少衰，世号诗史"。而其作诗却偏好苦吟，自言"为人性僻耽佳句，语不惊人死不休"。传说李白曾写诗调侃杜甫"借问何来太瘦生，总为从前作诗苦"，说其苦吟风格。《古今诗话》中所载"更觉良工用心苦"句，略有阙如，原句出自杜甫诗《题李尊师松树障子歌》，应为"已知仙客意相亲，更觉良工心独苦"。

四川成都杜甫草堂

虽杜甫此诗并非描述自己苦吟的辛苦，却亦符合精心遣词造句的心理状态。该诗话作者赞同杜甫写诗时的精雕细琢，认为凡是“良工”必是苦心琢磨写就的。杜甫也经常以“苦”来形容诗歌的创作过程，如“知君苦思缘诗瘦，太向交游万事慵。”（《暮登四安寺楼寄裴十迪》）“清诗近道要，识子用心苦。”（《贻阮隐居》）“定知深意苦，莫使众人传。”（《寄岳州贾司马六丈、巴州严八使君两阁老》）“陶冶性情存底物，新诗改罢自长吟。孰知二谢将能事，颇学阴何苦用心。”（《解闷》之七）

“苦吟”讲究最准确的辞句，用唯一的词句表现唯一的感觉，所谓“履却万方无准，安排一字有神”。不过，“苦吟”绝不只局限于锻词炼句，否则就会像江西诗派某些诗人那样在“雕章凿句”上误入歧途。事实上，即使杜甫也并非将所有的精力都放在雕章琢句上，他的苦思、锤炼是在整体上追求表现的完美。

贾岛苦吟费推敲

贾岛初赴举，在京师。一日于驴上得句云：“鸟宿池中树，僧敲月下门。”又欲推字，炼之未定，于驴上吟哦，引手作推敲之势。观者讶之。时韩退之权京兆尹，车骑方出，岛不觉行至第三节，尚为手势未已。俄为左右拥至尹前。岛具对所得诗句推字与敲字未定，神游象外，不知回避。退之立马久之，谓岛曰：“敲字佳。”遂并辔而归，共论诗道，留连累日，因与岛为布衣之交。有赠岛诗曰：“孟郊死葬北邙山，日月风云顿觉闲。天恐文章声断绝，故生贾岛在人间。”自此名著。后因不第，乃为僧，改号无本，居于法乾寺，与无可唱和。一日，宣宗微行至寺，闻钟楼上有吟声，遂登楼，于岛案上取诗卷览之。岛不识，乃攘臂睨之，遂于手内取诗卷曰：“郎君何会此耶？”宣宗下楼而去。既而，岛知之，亟谢罪，乃赐御札除遂州长江簿，后迁普州司仓卒。故程锜以诗悼之曰：“倚恃诗难继，昂藏貌不恭。骑驴冲大尹，夺卷忤宣宗。驰誉超前辈，居官下我侬。司仓旧曹署，一见一心忡。”王元赠诗曰：“江城卖药常将鹤，古寺看碑不下驴。”

——（宋）阮阅《诗话总龟》

与杜甫同时代的王昌龄作《诗论》，中有“夫作文章，但多立意。令左穿右穴、苦心竭智，必须忘身，不可拘束”句。王昌龄、杜甫的诗歌创作理论与实践影响了中晚唐诗人，也带来苦吟风气的盛行。中晚唐诸多苦吟诗人，其中最著名的当属贾岛无疑。

宋人阮阅在《诗话总龟》中记载了贾岛的苦吟故事。贾岛初次赴京师科举之时，一日于驴上得一诗句“鸟宿池中树，僧敲月下门”，而后又觉“敲”字不妥，以为“推”字更合适，一直未能确定，于是在驴背上低头沉吟，还不停地伸手比划“推”、“敲”的姿势。这时，时任吏部侍郎兼京兆尹的大诗人韩愈正路过此地，贾岛浑然未觉，不知回避，一直冲撞到仪卫的第三部分。随从人员将贾岛推拥着带到韩愈面前。贾岛解释说自己吟得的诗句，韩愈听了停马伫立了很久，然后对贾岛说：“还是用‘敲’字更好。”于是与贾岛并排骑马，一同回到府中。二人讨论诗歌，很长时间不舍分离，临别时韩愈还写诗相赠，表达对贾岛的赞赏之情。尔后贾岛遭遇科举不第，辗转成为僧人，改号无本，居于法乾寺，与僧人无可诗歌唱和。一日，唐宣宗李忱微服至法乾寺，听钟楼上有

贾岛像

人吟诗，便登楼，从贾岛案几上拿起诗卷阅读。贾岛不识宣宗真面目，觉其锦衣华服想必不懂诗，态度一时倨傲，还将诗卷自宣宗手中拿回。宣宗走后，贾岛方知实情，伏阙待罪。不久，朝廷果然派给他一个长江县主簿的小官，将其迁出京城。因此经历太过传奇，故程锜、王元等诗人皆有诗记之。

阮阅在《诗话总龟》中以大段论述贾岛的苦吟，不仅因为贾岛是唐朝中晚期苦吟诗人最典型的代表之一，亦因他的传奇经历：先因苦吟诗文与韩愈交好，又因苦吟得罪皇帝。与杜甫相比，贾岛无疑显得天分不足，但因后天认真努力，也有佳话流传，终于在星光璀璨的唐朝诗坛占有一席之地。且

《僧敲月下门》张瑞图（明）

诗话中所记载的“推敲”之事更是广为流传，成为贾岛苦吟精神的具体体现。

诗人苦吟多与他们遭遇的现实生活脱不了关系。贾岛因科举不第无力生活，最后只得出家为僧，常年生活在穷苦潦倒中。虽因“推敲”一事与韩愈交好，也曾得到韩愈的资助，但并无法令贾岛摆脱现实生活的贫穷与困顿。诗话中的贾岛看似孤独自傲，究其实却有挥之不去的自卑。一是他出身低微。从其好友苏绛所撰写的《贾公墓铭》可看出，贾氏一族几代以来从无一人为官，是彻头彻尾的布衣之家。贾岛在诗中常攀附汉代贾谊，以之为高祖，“自顾此身无所立，恭谈祖德朵颐开”，虽借此不能提高自己的身价，但却可以为自己的仕途黯淡带来一些精神补偿。二是他才华有限。在静敏绝伦者辈出的唐代诗坛，贾岛不算是才华横溢的诗人，时人司空图在《与王驾论诗书》中，有“贾阆仙诚有警句，视其全篇，意思殊馁，大抵附于寒涩方可致才，亦为体之不备也”这样的判断。可见贾岛的苦吟在一定程度上是为了弥补自己诗才的不足。他过分看重字句的锻炼，而缺乏内在整体而系统的思路，所以诗歌缺乏打动人心的力量。

苦吟诗人多集中在唐朝中晚期。徐印芳在《诗法萃编》中对此现象有所解释：“生李杜之后，避千门万户之广衢，走羊肠鸟道之仄径，志在独开生面，遂成僻涩一体。”中唐时期，各种诗歌体制完备且优秀诗人众多，有韩愈、元稹、白居易、李贺、柳宗元、刘禹锡等等，若想与他们一争高下，谈何容易？因此，一部分诗人走向了苦吟的道路，偏重僻涩的情调，并从不掩饰自己苦吟诗人的身份，常常在诗歌中描写自己作诗时的苦涩窘状，如贾岛“二句三年得，一吟双泪流”。此句自然有夸张的成分，但诗人诗思的滞后、作诗状态的艰苦却可想而知。贾岛一派的苦吟诗人亦是借诗句向世人展现自己对诗歌创作的精心，以示诗篇皆是自己呕心沥血的精品。

虽差一字不能到

陈舍人从易，当时文方盛之际，独以醇儒古学见称，其诗类白乐天。盖自杨、刘唱和，《西昆集》行，后进学者争效之。风雅一变，谓之“西昆体”。由是，唐贤诸诗集几废而不行。陈公时偶得《杜集》旧本，文多脱误。至《送蔡都尉》诗云“身轻一鸟”，其下脱一字，陈公因与数客各用一字补之，或云“疾”、或云“落”、或云“起”、或云“下”，莫能定。后得一善本，乃是“身轻一鸟过”。陈公叹服，以为虽一字，诸君亦不能到也。

——（宋）欧阳修《六一诗话》

据欧阳修《六一诗话》记载，北宋初年，翰林学士杨亿、刘筠的唱和诗歌合辑为《西昆酬唱集》，世称“西昆体”，后进学者竞相模仿。但陈从易从不被这种“雕靡相尚”的风气所影响，独守不变，力倡醇儒古学，诗作多近白乐天（居易），并且与杨大雅“好古

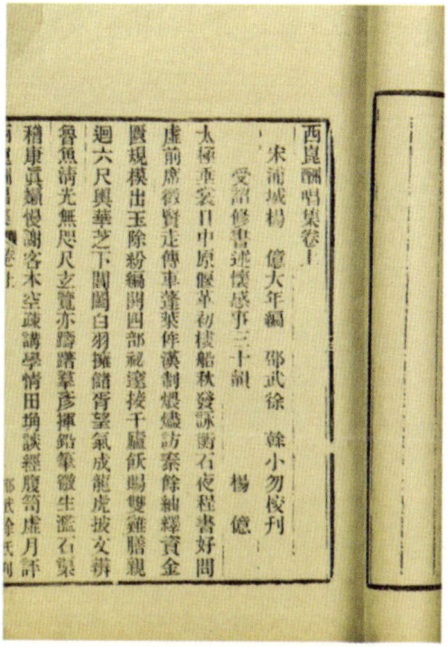
西崑酬唱集卷上
宋浦城楊　億大年編　鄂武徐　榦小勿校刊
受詔修書述懷感事三十韻　楊　億
太微垂象日中原偃革初樓船秋發詠鬭石夜程書好問
虛前席徵賢走傳車蓬萊依漢制熿爓訪秦餘紬繹資金
匱規模出玉除紛綸閱四部祕邃接千廬飫賜雙雞膳親
迴六尺輿華芝下閶闔白羽擁儲胥望氣成龍虎披文辨
魯魚清光無咫尺玄覽亦躊躇羣彥揮鉛筆微生濫石渠
稽康真懶慢謝客本空疏講學慚田㻴談經愧罰虛月評
西崑酬唱集卷上　鄂武徐氏刊

清刊本《西昆酬唱集》书影

自守”，坚持质朴的文风。陈从易偶然得到旧版本的《杜甫诗集》，其中《送蔡都尉》一诗有阙文，诗云“身轻一鸟”，“鸟”后有脱字。陈从易与数人各用一字补诗，有“疾”、“落”、“起”、“下”等，皆不如意，后来得到《杜甫诗集》的善本，见原诗为“身轻一鸟过”。陈从易看后大为叹服，认为虽然只是一个字，但后世的诸多作家却都不能达到杜甫的水平。

《六一诗话》记载陈从易评杜甫诗有特殊含义。北宋初年，《西昆酬唱集》问世之后，文界皆学习模仿逶迤颓靡的“西昆体”。而陈从易“好古自守”的质朴文风尤其难得，对矫正宋代“雕靡相尚”的文风起到相当大的作用。但也有人矫枉过正，如太学讲官石介猛烈抨击“西昆体”的华而不实，在太学生中影响极大，形成了“太学体”。但“太学体”本身并不足为人称道，因其文体怪诞诋讪，流荡猥琐，既无古文的平实质朴，又乏骈文的典雅华丽，故而欧阳

《西园雅集图》【局部】唐寅（明）

修甚为不喜。嘉祐二年（1057），欧阳修任礼部贡举的主考官，以翰林学士身份主持进士考试。为扭转当时流行的“太学体”险怪奇涩的风气，他提倡一种通达平易的文风，“修痛排抑之，凡如是者辄黜”，凡险怪奇涩的文字坚决加以排斥，凡写这样文章的人都不予录取，以选拔出古文醇厚的人才。

所以，这则杜甫炼字诗话故事得到欧阳修的青睐就不足为奇了。首先，欧阳修与陈从易皆力图扭转当时流行的不良文风；其次，杜甫诗歌沉郁顿挫，虽是苦吟，但炼字功力极佳，精准巧妙，较少艰难险涩之句，深得崇尚通达文风的欧阳修喜爱。“身轻一鸟过”一句虽只缺一字，却“诸君亦不能到”，这种称赞既是陈从易对杜甫炼字之才的钦佩，亦是欧阳修对其诗风的一种推崇。

此诗可以泣鬼神——评赏诗话

诗话作品既包括对诗歌本事的记载、诗歌名物的考据，还包括对诗歌的赏析与评价。所谓「评赏」，指的是鉴赏的一个过程，是实现由感性阶段到理性阶段的认识飞跃。作者在评赏之时，既受到艺术作品的形象、内容的制约，又可根据自己的思想感情、生活经验、艺术观点和艺术兴趣，对形象加以补充和完善。这其中最著名的当属南朝钟嵘的《诗品》了。全书共品评了两汉至梁代的诗人共一百二十人，其中上品十一人，中品三十九人，下品七十二人，内容以品评诗人诗歌高下为主，对后代的诗歌批评有很大的影响。

长安米贵居不易

乐天未冠，以文谒顾况，况睹姓名，熟视曰：“长安米贵，居大不易。”及披卷读其《芳草诗》，至“野火烧不尽，春风吹又生”，叹曰：“我谓斯文遂绝，今复得子矣，前言戏之耳。”

——（宋）尤袤《全唐诗话》

唐代著名诗人白居易未成名之时，来京城长安参加科举考试，拿着自己的诗作去拜谒当时已经成名的诗人顾况。顾况看见白居易的名字有趣，先是盯着白居易看了许久，然后说：“长安米价昂贵，在此居住大不容易。”他打开诗卷，阅读卷首的《芳草诗》，待看到“野火吹不尽，春风吹又生”一句时，便不由感叹赞赏道：“我常以为才子已经不见踪迹了，今天却见到了你，前言只不过是一句戏言。”随后他到处称赞白居易的文采，使之声名大大提高。

此则诗话故事出自宋朝尤袤的《全唐诗话·白居易》，因“长

《云中送别图》【局部】陶成（明）

安米贵，居大不易”一句戏谑语而被大众广知，后来这则评赏诗话故事被称为“顾况戏白居易”。除了尤袤的《全唐诗话》，张固的《幽闲鼓吹》与王定保的《唐摭言》都提到这则故事，只是张文中的是“米价方贵，居亦弗易”，王文中的是“长安百物贵，居大不易”。此则诗话故事之所以记载于诸多文献中，与顾况对白居易名字进行一语双关的戏谑化解读分不开：虽然名字叫居易，但若没有真本事，长安居不易。

顾况的风趣戏谑，以及前后对白居易的态度的变化无疑都十分具有戏剧性，也正因如此，这则评赏诗话故事才广为流传。顾况本是料想白居易无甚才华，所以以“长安米贵，居大不易”相戏，不料读其诗后却发现其才华横溢。《全唐诗话》中所指的《芳草诗》应是《赋得古原草送别》，是一首应考习作，相传是白居易在 16 岁时所写，全诗八句：“离离原上草，一岁一枯荣。野火烧不尽，春风吹又生。远芳侵古道，晴翠接荒城。又送王孙去，萋萋满别情。”顾况只读到第四句“春风吹又生”时便生“我谓斯文遂绝，今复得子矣”的感慨，可见对白居易称赏之甚。这亦可从侧面看出白居易的才华横溢，可令当时名扬天下的诗人顾况如此称赏。

贺知章评李白诗

李太白初自蜀到京师，贺知章闻其名，见之，请为文，出《蜀道难》示之，知章曰：“公非人可人，岂太白星精耶？”于是解金貂换酒，醉而归。及见《乌夜啼》，曰：“此诗可以泣鬼神。”其词曰：“姑苏台上乌飞时，吴王宫里醉西施。吴歌楚舞欢未毕，青山欲衔半边日。金壶丁丁漏水多，起看秋月坠江波。东方渐明奈乐何？”又曰：“黄云城边乌欲栖，归飞哑哑枝上啼。机中织锦秦川女，碧纱如烟隔窗语。停梭向人问故夫，欲说辽西泪如雨。”

——（宋）佚名《古今诗话》

李白代表了盛唐诗歌的顶峰，不过他的成名与另一位大诗人贺知章的夸奖及举荐有很大关系。贺知章（659—744）字季真，自号四明狂客，会稽（今浙江绍兴）人，少时就以诗文知名。年轻的李白从故乡四川刚到京城的时候，在诗坛和政坛地位很高的贺知章听说了

他的诗名，与其相见的时候希望一睹李白的诗文。李白向其出示《蜀道难》一诗，贺知章读后惊叹道："你不是一般人啊，莫非是太白星精下凡么？"说完立即脱下身上的金貂裘换酒，与李白共饮，大醉而归。后来，贺知章读到李白的《乌夜啼》，又赞叹道："此诗可以泣鬼神。"

《蜀道难》乃是千古名篇，昔年李白自江油出川赴京，途经蜀道，感慨蜀道之险之难，作歌行体诗一篇，如江水喷涌而出，字字珠玑，为世人惊叹。贺知章诗名在前，读此诗惊叹也属惺惺相惜。"解金貂换酒"、"醉而归"更给人以故事性。诗话后半段记载贺知章对李白《乌夜啼》的评赏，一句"此诗可以泣鬼神"，显示出贺知章对此诗推崇至极，不逊于"公非人可人，岂太白星精耶"的评价。

《乌夜啼》为乐府旧题，内容多抒发男女相思之苦，李白此作也与前代诗文类似，但言简义丰，别

《蜀道难》谢时臣（明）

出心裁，遂为佳作："黄云城边乌欲栖，归飞哑哑枝上啼。机中织锦秦川女，碧纱如烟隔窗语。停梭怅然忆远人，独宿孤房泪如雨。"沈德潜在《唐诗别裁》中评价此诗曰："蕴含深远，不须语言之烦。"短短六句诗，起手写情，布景出人，景里含情。中间两句，人物有确定的环境、身份和身世，而且绘影绘声，想见其人。最后点明主题，却又包含着许多意内而言外之音。诗人为了增强诗的概括力量，放弃了看似具体实是平庸的有局限性的写法，因此成为众人传唱的不朽佳篇。李白诗歌虽属佳作，但贺知章的极力推荐无疑对其流传起到了很大影响，"此诗可以泣鬼神"一句更是对诗文的最高评价，在后世的流传中成为一段佳话。

《太白行吟图》梁楷（南宋）

贺知章还将李白的人品才华"言与玄宗，召见金銮殿。"在贺知章的举荐和宣传之下，李白很快"名动京师"。而向以高傲而闻名的李白，一生很少称许他人，但对贺知章却是尊重备至。《李太白全集》中为贺知章归故里的送行诗有两首，贺知章去世后的怀念诗有三首。诗中忆贺知章往事，状其豪爽风貌，叙及思念之情，可见二人相交的情感之深。在盛唐文坛上，李白与贺知章的友情成为人津津乐道的千古佳话。

苏轼趣评郭功父

秦少章尝云：郭功父过杭州，出诗一轴示东坡，先自吟诵，声振左右。既罢，谓坡曰："祥正此诗几分？"坡曰："十分诗也。"祥正问之，坡曰："七分来是读，三分来是诗，岂不是十分也？"

——（宋）王直方《王直方诗话》

诗话中记载的诗文评赏未必都是溢美之词，也记载了一些对诗人或诗文的批评。苏轼就曾批评过郭功父的诗，是用一种诙谐幽默的方式。

《王直方诗话》载，秦少章曾经说，郭功父过杭州的时候，将自己的一轴诗歌向苏轼展示，郭先自己吟诵，声振左右。他吟诵罢，问苏轼："我的诗可得几分？"苏东坡回答："是十分诗句。"郭功父又追问何以能得十分，苏轼回答："你的朗读值七分，诗歌值三分，合起来岂不是十分吗？"

《东坡博古图》扇面 萧晨（清）

王直方所载的这则诗话读之令人莞尔，苏轼的幽默风趣也可见一斑：听友人吟诵诗文后打十分，友人追问，回复吟诵上佳占七分，而诗文只三分，十分为合起来的分数。揶揄中带有小小的刻薄，想必郭功父亦哭笑不得。这种类似“急智”的诗文评赏在诗话中并不多见，因而更显珍贵有趣。

苏轼的评赏自是不同于其他人评赏诗歌时的规规整整、一板一眼，但从这种打趣中便可看出二人的深厚交情。郭功父即北宋诗人郭祥正，字功父，一作功甫，自号谢公山人、醉引居士、净空居士、漳南浪士等。其人一生写诗1400余首，著有《青山集》三十卷，诗风纵横奔放，北宋诗坛前辈梅尧臣曾称赞他：“天才如此，真太白后身也！”北宋新党、旧党斗争残酷，郭祥正遭遇坎坷，一如苏轼。所以他对苏轼很同情，两人往来书信、诗篇很多，也正因如此，苏轼才敢与其评赏时打趣。

诗话中未载郭功父当时所朗诵的全诗，而这段被苏轼评赏的诗话却广为人知，可见评赏本身便是一门艺术。

庸师妄评真才子

某太史掌教金陵，戒其门人曰："诗须学韩、苏大家，一读温、李，便终身入下流矣。"余笑曰："如温、李方是真才，力量还在韩、苏之上。"太史愕然。余曰："韩、苏官皆尚书、侍郎，力足以传其身后之名。温、李皆末僚贱职，无门生故吏为之推挽，公然名传至今，非其力量尚在韩、苏之上乎？且学温、李者，唐有韩偓，宋有刘筠、杨亿，皆忠清鲠亮人也。一代名臣，如寇莱公、文潞公、赵清献公，皆西昆诗体，专学温、李者也，得谓之下流乎？"

——（清）袁枚《随园诗话》

袁枚（1716—1797）是清代重要的诗人和诗论家，字子才，号简斋，钱塘（今浙江杭州）人。《随园诗话》成书于乾隆五十五年（1790），书中论及历代诗人及作品，从题材到立意构思，从谋篇炼句到辞采韵律，从表现手法到艺术风格，与诗相关的各个方面可谓无所不包。

某太史在金陵任主管教授，告诫他的门生说：“写诗要学韩愈、苏东坡等大家，如果读了温庭筠与李商隐的诗歌文章，便终生入下流之品了。”而袁枚则不以为然，笑着反驳：“像温庭筠、李商隐这样的诗人才称得上是真正的有才华，其才学智慧远在韩愈、苏东坡之上。”太史听后十分惊愕。袁枚又道：“韩愈与苏东坡皆入仕为官，官居尚书、侍郎，其影响力足以使他们在后世传名。但温庭筠与李商隐穷极一生，只做了最末等的官僚小吏，没有门生故吏为他们歌颂功名，但他们的诗作依旧传唱至今，这难道不是他们的诗歌才华在韩愈与苏东坡之上吗？况且学习温庭筠与李商隐的诗人历代皆有，如唐朝的韩偓、宋朝的刘筠和杨亿，这些都是忠正刚直、高风亮节的人。还有寇准、文彦博、赵抃等一代名臣，都是西昆诗体的集大成者，亦是学温庭筠与李商隐，难道他们也是入下流之品的吗？”

袁枚像

袁枚在《随园诗话》中将这则评赏诗话题名为“庸师妄评真才子”，视金陵教授为“庸师”，以反驳“庸师”对诗人的评赏来阐述自己的文学观点。虽诗无达诂，但金陵教授所言确实主观武断，而袁枚为驳倒金陵教授，从某种程度上将韩愈、苏轼的成就视为不如温、李，其评赏也难说非“妄言”。

诗史互证有裨益——诗史诗话

上古时期，中国文学艺术以「歌舞乐一体，文史哲不分」为特色，随着时代的发展，文史哲逐渐分离，皆有专门的论著。但其间分野并不明显，历史作品中杂糅进大量的诗词俚语等文学素材，文学作品中也通过写实叙事记录了当时的历史现实。其中，杜甫因为诗歌真实地反映出当时的社会真实状况，而素有「诗史」之称。因此，历代诗话中有相当一部分内容与历史结合紧密。用史家眼光与方法研究诗歌，并且通过诗歌来考稽历史，是我国古代诗歌阐释与研究的重要方法。「诗史互证」这一概念虽然在明清诗话作品中才正式提出，但对诗歌与历史的关系，早已在历代诸多诗话作品中作为诗歌考据的重要内容而存在。因此可以说，诗史诗话作为诗话中的主要内容之一，由来已久。

李白泛舟揽明月

世俗多言李太白在当涂采石，因醉泛舟于江，见月影俯而取之，遂溺死，故其地有“捉月台”。予按李阳冰作太白《草堂集序》云：“阳冰试弦歌于当涂，公疾亟，草稿万卷，手集未修，枕上授简，俾为序。”又李华作《太白墓志》，亦云：“赋《临终歌》而卒。”乃知俗传良不足信，盖与谓杜子美因食白酒牛炙而死者同也。

——（南宋）洪迈《容斋诗话》

在历代诗话中，有大量用文学作品来佐证辨析史料的例子。因此，以诗证史对文学与历史皆是大有裨益。对于诗人李白的死法，众说纷纭，而洪迈却在其《容斋诗话》中，以古人的诗文内容为史料，来证史说史。

关于李白的死，《旧唐书》载：“以饮酒过度，醉死于宣城”，将李白之死归罪于过度饮酒。而民间据此演绎，说李白在安徽当涂采石，醉酒后泛舟，见江上月影婆娑，遂俯身捞月亮，因此溺水而亡。采石矶、捉月台至今尚存，后人蜂拥而至，祭奠这位“绣口一吐便是整个盛唐”的诗人。由此也可见其揽月而死的传闻流传之久远。

《太白醉酒图》苏六朋（清）

但当时亲历者的一些诗文却与传言相悖。李白族叔，亦是宣州当涂县令的李阳冰为李白作品作序言，名曰《草堂集序》。李阳冰在文中对李白的身世、主要事迹、创作情况以及作品集结的过程都一一追述。关于李白的亡故，原文中有这样的记载：“阳冰试弦歌于当涂，心非所好，公遐不弃我，扁舟而相欢。临当挂冠，公又疾殛。草稿万卷，手集未修，枕上授简，俾余为序”。据文所言，李阳冰在当涂任职，李白前来探望。而在他准备卸任之时，李白却患了重病，在病榻上把书稿交给李阳冰，并嘱托他为作品写篇序言。李阳冰作为李白亲属，且是李白临终时的见证人，全文无一处提到李白醉酒或泛舟揽月时溺水的事情，可见传言不实。

唐朝另一诗人李华为李白作墓志铭，说其“赋《临终歌》而卒”。在死亡之前尚能赋诗一首，足以得知李白离开人世是在病榻之上，非醉死，亦非捞月坠江。李阳冰与李华都是李白的同时代人，他们的诗文共同证明了俗世间的传言不可信。

而“杜子美因食白酒牛炙而死者”一事，在正史中确有提及。《旧唐书·杜甫传》载：“永泰二年，啖牛肉白酒，一夕而卒耒阳，时年五十九。”《新唐书》亦载：“大历中，出瞿唐，下江陵，溯

安徽当涂李白墓（图片提供：微图）

沅、湘以登衡山，因客耒阳，游岳祠。大水遽至，涉旬不得食，县令具舟迎之，乃得还。令尝馈牛炙白酒，大醉，一夕卒。年五十九。”两《唐书》都对杜甫吃牛肉喝白酒后猝死一事做了记载，观之合情合理，似应可信。而洪迈却认为这是史书误信了俗世的传言。人们认为，极具浪漫色彩的李白，死亡也应该是富有诗意的。而杜甫诗文厚重，沉郁顿挫，所以他的死亡带有现实的悲剧色彩。所以，这与李白揽月而亡一样不可信。

虽然洪迈对杜甫之死存疑，在文中却未展开辨析。但是他用与李白同时代诗人的诗文为李白之死作考辨，有理有据，读之令人信服，从而可看出以诗证史的重要性。

将军诗人总相惜

青莲救郭子仪，及坐永王璘事，得子仪救解，此见乐史序中。谓“白有知鉴，客并州时，识汾阳王郭子仪于行伍，为脱其刑责而奖重之。及白坐永王璘事，子仪请以已官爵赎其罪，上许之，而免诛”云。《新唐书》本传亦载之。然青莲集中无一字与子仪往来者。当其系狱时，以诗上崔涣、宋若思求雪。如果有德于子仪，岂无一字乞援？即或道远不相及，而子仪救释之后，何又无一字述其恩、记其事？则此事之有无，未可信也。集中有《赠郭将军》一首，云：“将军少年出武威，入掌银台护紫微。”此又非子仪履历，当另是一人。

——（清）赵翼《瓯北诗话》

李白一生堪称传奇，交游广泛，与三教九流皆有往来，人们不光对他的死亡方式有争议，就连他与唐朝将领郭子仪的亲疏往来亦

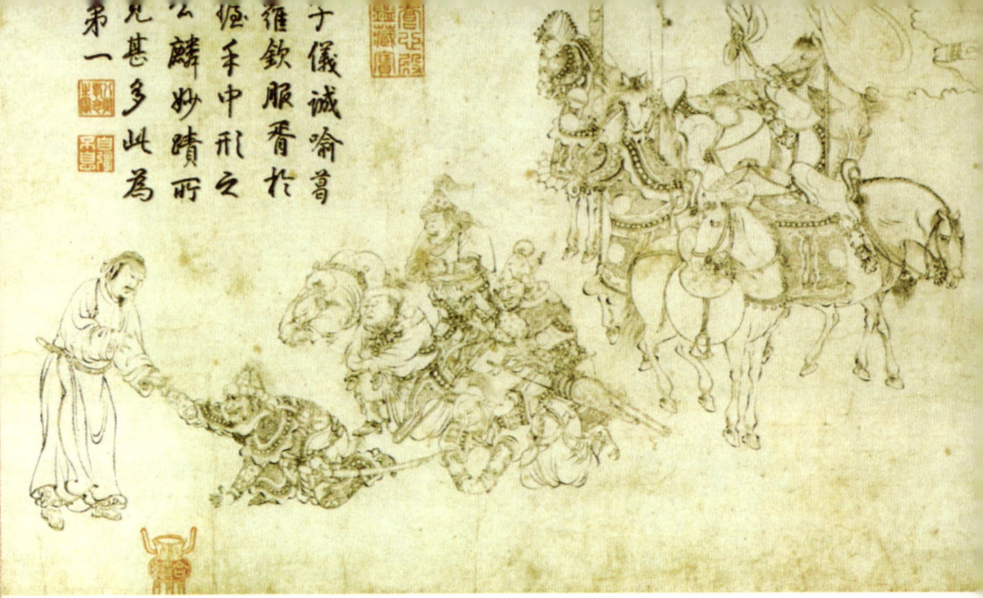

《免胄图》李公麟（宋）

图中描绘了郭子仪不着盔甲率数十骑，面见回纥首领，令酋首下马拜见的情景。

存疑。关于李白与大将郭子仪的关系，历来有彼此相救之说，《新唐书·李白传》与《翰林学士李公墓碑》等史料都有详细记载。郭子仪年少时在太原服役，因押运的粮草被烧，要被军法处置。李白见他器宇轩昂，便从中斡旋，将他救下。而后郭子仪果然战功赫赫，不负李白。安史之乱时，李白成为永王李璘的幕僚。永王因反叛唐肃宗，被诛杀于大庾岭，李白也因此身陷囹圄。当时已为司空、关内河东副元帅的郭子仪得知此事，出面积极营救，甘愿以自己的官爵为李白赎罪。肃宗感念郭子仪功高，故免去李白死罪，改为流放夜郎国。

郭子仪像

赵翼却对此有不同看法。因李白的所有诗文中没有一处提到与郭子仪有来往。不仅如此，他因永王事败而身陷囹圄之时，曾写诗给来江南收罗人才的崔涣、浔阳守将宋若思等人，希望得到他们的帮助，但并未写诗给郭子仪求援。如若唐史所载李白曾搭救郭子仪一事为真，李白在此绝望之际不可能不想到郭子仪；又或者，如真蒙郭子仪搭救性命，李白断然不可能对此事无一字记载。所以，正史所载未必可信，李白与郭子仪彼此相救的故事，大约是史官误信了世人的牵强附会。李白有《赠郭将军》一诗，但此郭将军非郭子仪，而是另一位姓郭的将军。

《新唐书》作为正史的代表作，其中所记载的内容大多真实不虚。但赵翼通过与李白前后诗文相对照，却发现之中的谬误。以诗文的内容印证历史，对考辨历史也是大有裨益的。

甘露之变风波恶

按唐史李甘与李中敏皆尝论郑注不可为相，故甘有封州之谪，而中敏有颍阳之归。杜牧之赠甘诗云："太和八九年，训注极虓虎。吾君不省觉，二凶日威武。喧喧皆传言，明辰相登注。和鼎顾予云，我死有处所。明日诏书下，谪斥南荒去。"又有《赠中敏诗》云："元礼去归缑氏学，江充来见大台宫。曲突徙薪人不会，海边今作钓鱼翁。"盖深痛二公之言不行，而训、注得恣其谋也。盖当是时，仇士良窃国柄，势焰熏灼，士大夫于议论之间，不敢以训、注为是，以贾杀身之祸，故牧之之诗如此。呜呼，东汉之季，柄在宦官，陈蕃之徒，以忠勇之资，谋殪其党，而事亦不遂，史载其名，殆如日星。而训、注以当时士夫畏慑士良辈，遂加以奸凶之目，而史亦以为乱人，万世之下，无以自白，其深可痛哉！

——（南宋）葛立方《韵语阳秋》

唐代大明宫遗址出土的鎏金铜铺首
（图片提供：FOTOE）

诗歌缘情而发，以抒情为本性。而大量的写实性诗歌不仅具有抒情性，兼有对政治现实、社会现实的分析与反思。通过引证诗中所言的时事与历史，可以了解诗人对历史事件的态度，从而可以更准确地把握诗歌的内在含义。如从杜牧诗歌言及“甘露之变”的态度，便可看出政治高压下文人的趋利避害。

晚唐时，宦官专权，引时任皇帝唐文宗与朝臣的深恨。太和九年（835），唐文宗与李训、郑注等大臣策划消灭宦官集团。当年十一月二十一日，唐文宗以观露为名，将宦官头目仇士良骗至禁卫军后院欲斩杀，却被其识破。双方激烈战斗，最终文官不敌。这次事件以文臣的失败而告终，朝廷重臣如李训、王涯、贾悚、舒元舆、王璠、郭行余、罗立言、李孝本、韩约等悉数被宦官集团杀死或灭门，受株连被杀者达一千余人，史称“甘露之变”。

唐史记载，大臣中李甘与李中敏与“甘露之变”的策划者之一郑注有过，因而被贬谪远地，李甘后死于贬所。杜牧与此二人交往甚厚，故在诗中为好友鸣不平，觉得郑注“狐威假白额，枭啸得黄昏”，是疯狂打击异己的得志小人。但宋人葛立方却认为对杜牧诗文不能只作简单解读，而应该联系当时的历史现状，去具体分析：“甘露之变”后，文臣被诛杀者众，宦官仇士良大权在握、权势熏天，因此，文人士大夫敢怒不敢言，极少在诗文中流露对李训、郑注等亡臣的赞赏，怕因此惹祸上身。杜牧虽然对李训、郑注语多讥讽，但对阉党集团却不敢口出恶言，皆因怕惹上杀身之祸。葛立方将晚唐历史与东汉历史相对照，二者皆是因宦官当权，朝臣诛阉党未果，事败而亡。但汉名臣陈蕃却名垂青史，而唐人却因惧怕仇士良，多附会其意，将李训、郑注等说成谋逆小人，令人痛心。

白釉太监头像（唐）

将杜牧诗文与唐末历史相结合，读出的不仅仅是杜牧对“甘露之变”的态度与看法，还可考辨出其诗文的内在含义——源出政治高压下文人的趋利避害。葛立方在《韵语阳秋》中评述杜牧诗，不仅是以其内容来考察历史，更有对高压下的文人言不由衷、谨小慎微的感慨。“其深可痛哉”，寥寥几字却是微言大义。葛立方的此则诗话可视为对“士”独立不迁人格的希冀，带有强烈的现实意义。

征夫问答兵车行

少陵一生学问，无所发泄，略见于议兵。《新书》谓："好论天下大事"，亦即指此。唐自开元十五年……天宝八载，哥舒翰攻拔石堡城，丧卒数万，《兵车行》所由作也。

——（清）刘凤诰《杜工部诗话》

清朝刘凤诰所作的《杜工部诗话》，仅是针对杜甫诗歌进行分析品评。因刘凤诰所处的时代乾嘉学风盛行，重文献考据，所以他在《杜工部诗话》中不是重在分析杜甫的诗歌艺术本身，而是层层考索，步步引证，在诗话中将诗史互证的方法诠释得淋漓尽致。

杜甫一生雄才大略，却怀才不遇，报国无门，因此十分热衷讨论兵家事宜，《新唐书》对杜甫有"好论天下大事"的论断便不足为奇。《兵车行》是杜甫最著名的诗文之一，有深刻的思想内容，借征夫对老人的回答，倾诉战争给人民带来的苦厄，从而揭露唐玄宗以来的多次战争给人们带来的巨大伤痛与灾难。刘凤诰以史学视觉来解读此诗，认为这是杜甫对天宝八年（749）哥舒翰攻打吐蕃石堡城，造成数万兵卒死亡的悲剧的反思。唐朝军队为夺取被吐蕃军占领的军事要地石堡城（今青海湟源西）曾多次向该城发起进攻，但因吐蕃守军凭险据守而屡屡失败。唐天宝八年六月，唐玄宗李隆基命新任陇右节度使哥舒翰统领6万余人，再攻石堡城。唐军进攻数日，伤亡惨重，仍难破城。哥舒翰欲杀一儆百，要将攻城的先锋官副将高秀岩、张守瑜斩首示众。高、张二将请求再给予三日的期限，最终唐军以死伤数万人的代价，如期占领石堡城。石堡城的惨剧让杜甫心绪难平，写就《兵车行》揭露战争的惨烈，反思朝廷的穷兵黩武。

青瓷武士俑（唐）

与传统的“诗无达诂”的解诗观不同，刘凤诰将杜甫的诗歌联系唐朝的历史现实，用广阔的社会历史来解读诠释，视野开阔、引证翔实。他将《兵车行》与哥舒翰的石堡城之战相连，从而让读者对诗中所流露出的现实悲剧性有更加深刻的认识。

以考据为主的诗史互证类的诗话虽然有其局限性，但是由于文学本身写实性的特点，以及诗史互证方法对史学的有效性，这既是传统文学与史学观念相互影响水到渠成的产物，也是文学与史学相互通融的表现，因此使得诗史互证类的诗话作为诗话中的一个特殊类型而存在。

天下名物皆可辨——博识诗话

历代诗话词话中，有相当一部分是对诗词中名物的考据，所谓名物考据，即是对事物名称、特征的诂释与考据。宋代阮阅作《诗话总龟》，将此类名物考据诗话归入「博识门」。博识，本意指学识渊博，见多识广，但此处有认识博物之意，指对诗话中各种事物有较深了解。因为诗歌在多年的流传过程中，其中涉及许多后世诠释不清的名物，此时，考证便显得尤为重要。

荷橐并非芰荷

刘伟明《赠熊本待制》诗云："西清寓直荷为橐，左蜀宣风绣作衣。"盖《南史刘杳传》著紫荷橐事，见《汉张安世传》"持橐簪笔"之意。而伟明乃以荷为芰荷之荷，何耶？欧阳文忠公《回吴舍人启》云："红药翻阶，直禁垣之清切；紫荷持橐，陪法从以雍容。"又《上胥偃启》曰："白蟫素简以香生，兹焉辟恶；紫裕荷囊而备问，最近清光。"乃知误者非一人。然《隋书乐志》：尚书、录令、仆射、吏部尚书朝服缀紫荷。录令、左仆射左荷，右仆射、吏部尚书右荷，此又何邪？姑俟博识者。

——（宋）吴幵《优古堂诗话》

考据类诗话有很强的时代因素，宋代虽有众多诗话，但在名物考据方面不若明人。明代中期，考据学自成一派，诗论者受考据风气影响，往往在诗话中用考据方法来关照诗歌，不仅考证名物，还考证

《出水芙蓉图》吴炳（南宋）

字的音、形、意，探究诗歌本事，以及典故等，开创了考据诗学之先河。但在宋朝的诗话中，也不乏对博识诗话的记载，如吴幵在《优古堂诗话》中就记录了许多与博识相关的诗话。

吴幵，字正仲，滁州全椒人。据他的《优古堂诗话》载：刘伟明在《赠熊本待制》一诗中提到荷橐，荷橐即是一种小囊，可以用来盛放文具。《梁书·文学传·刘杳》中记载紫荷橐事，紫荷橐又称“紫荷”，为古代服饰的一种，指尚书令、仆射、吏部尚书等高官贵爵在朝服外面负于左肩上的紫色囊。唐代姚思廉在《梁书·文学传·刘杳》中提到紫荷橐的出处，认为其出自《汉书·张安世传》中的“持橐簪笔，事孝武皇帝数十年”。刘伟明以为荷橐的荷与芰荷的荷乃是同一物，并且欧阳修在《回吴舍人启》中有“红药翻阶，直禁垣之清切；紫荷持橐，陪法从以雍容”这样的句子，以红药与紫荷对仗，将红芍药对紫荷花；在《上胥学士偃启》一诗中，也有“白蟫素简以香生，兹焉辟恶；紫裕荷囊而备问，最近清光”这样的句子，紫裕荷囊与白蟫素简对仗，将芰荷对竹，可知欧阳修亦认为荷橐之荷乃是芰荷之荷。

吴幵因此作出论断，认为历代学人中有不少将荷橐与芰荷相提并论，非是一人之误。而《隋书·乐志》却有“尚书、录令、仆射、吏部尚书朝服缀紫荷。录令、左仆射左荷，右仆射、吏部尚书右荷”这样的说法。高官肩上的紫色荷囊与水生植物荷花没有半点关系，只因同用一个“荷”字，便造成了刘伟明、欧阳修等诗人的误会。在诗文中将紫荷囊视为芰荷，与芍药、竹等植物对仗，是一种误读。吴幵甚至怀疑《隋书·乐志》中关于高官朝服上点缀紫色荷花的记载也是错误的，亦是受到荷囊与芰荷的影响。末了一句“姑俟博识者”，将问题展开，引博识之士关注这则名物的考据。

按照后世史学家陈寅恪先生诗史互辩的理论，吴幵对诗话中名物的考据无疑有积极的意义。以《梁书》、《汉书》等正史记载关照刘伟明、欧阳修的诗文，是为以史证诗，却不迷信正史，最后对《隋书》中关于“紫荷”的记载提出质疑，可见吴幵的专业精神，亦可见诗话的史学意义。

青精饭与耳衣

杜诗："岂无青精饭，使我颜色好。"青精饭，一名南天烛，又曰墨饭草，以其可染黑饭也，道家谓之青精饭，故《仙经》云"服草木之正，气与神通。食青烛之津，命不复陨"，谓此也。

唐人边塞曲："金装腰带重，锦缝耳衣寒。"耳衣，今之暖耳也。

——（明）杨慎《升庵诗话》

在明朝中期，受考据学盛行的影响，考据类诗话大幅度增加，其中杨慎的《升庵诗话》无疑是其中杰出的代表。

杨慎（1488—1559）字用修，号升庵，四川新都人，明代著名的学者、文学家。《明史·杨慎传》载："明世记诵之博，著作之富，推慎为第一。"杨慎好学穷理，涉猎十分广泛，不仅对经、史、诗、文、词曲、音韵、金石、书画无所不通，而且对天文、地理、生物、医学等也有很深的造诣，是有明一代著名的博学之士。《升庵诗话》中有大量的名物考据诗话，按宋人阮阅的分类，将其纳入了博识类。此二则皆是。

杜甫《赠李白》一诗中，有“岂无青精饭，使我颜色好”一句。青精饭也称“南天烛”，又称“墨饭草”，道家称之为“青精饭”，道教典籍《仙经》中有“服草木之正，气与神通。食青烛之津，命不复陨”之句，其中“青精”便是指青精饭。

唐代即有记载的青精饭，至今为止仍是江苏南部汉族的特色饭食，称为“乌米饭”。乌米饭乃是糯米染乌树叶（南烛叶）之汁煮成的饭，颜色乌青，是寒食节的食品之一，千百年来已成习俗。杨慎《升庵诗话》中的这则诗话清楚地记载了名俗食物“青精饭”的由来以及其所包含的宗教意义，使民间食物也有了更深层的文化含义。

《耳衣》则为诠释唐朝李廓《送振武将军》中“金装腰带重，锦缝耳衣寒”一句。唐诗中所称的“耳衣”即是明朝时的“暖耳”，是戴在耳朵上御寒的用具。值得一提的是，暖耳在明朝为高官专用，《明史•舆服志》记录：明代万历以前，百官于十一月皆戴暖耳：“万历二年，禁举八、监生、生儒僭用忠静冠巾，锦缔镶履及张伞盖，戴暖耳，违者五城御史送问。”

刺绣暖耳（清）

不必欲博读异书

苕溪渔隐曰：学者欲博读异书，余谓退之之《进学解》云："上窥姚姒，浑浑无涯。周《诰》汤《盘》，佶屈聱牙。《春秋》谨严，《左氏》浮夸。《易》奇而法，《诗》正而葩。下逮《庄》、《骚》，太史所录，子云、相如，同工异曲。"若只读此足矣，何必多嗜异书！

——（南宋）胡仔《苕溪渔隐丛话》

也有学者对诗文名物的考据与以博识为主的治学方法表达了不同的看法，如南宋人胡仔就对学者为博识读异书不加赞同。

胡仔（1095？—1170）字元任，号苕溪渔隐，徽州绩溪（今属安徽）人。其所撰《苕溪渔隐丛话》共一百卷，五十余万字。《四库总目提要》称此书"继阮阅《诗话总龟》而作，"二书相辅而行，北宋以前之诗话大抵略备"。

胡仔以为，学者为了博闻强识是要多读一些罕见的书籍。但韩愈在《进学解》中曾说："向上效法舜帝姚时代和夏朝的典章博大无边；周代的《诰书》和殷代的《盘庚》艰深难懂。《春秋》的语言精练准确，《左传》的文辞铺张夸饰。《易经》变化奇妙而有法则，《诗经》思想端正而辞采华美。往下一直到《庄子》、《离骚》，《史记》，以及扬雄、司马相如的创作，都异曲同工。”所以若能将这些传统典籍悉数读懂读透，又何必去多读异书？

《进学解》是唐元和七年（812）、八年（813）间韩愈任国子博士时所作，假托向学生训话，勉励他们在学业、德行方面取得进步。学生提出疑问，韩愈进行解释，故名“进学解”。从此文中提到的古文阅读与写作，可充分了解韩愈的古文理论和文学好尚。韩愈认为，他所列举的书目雄深宏伟、奇绝不凡。南宋时期的学者胡仔也持相同观点。他在《苕溪渔隐丛话》中引用韩愈的古文观点，来反对一些学者为了博闻强识而多读异书的学习方法。

在《苕溪渔隐丛话》中，胡仔按时代先后，以人为纲，设置诸多门类，且并非简单罗列，而是自有其论诗宗旨在，并于解释援引之外又常略加评说，以见其理论主张，但其中较少名物考据类诗话。

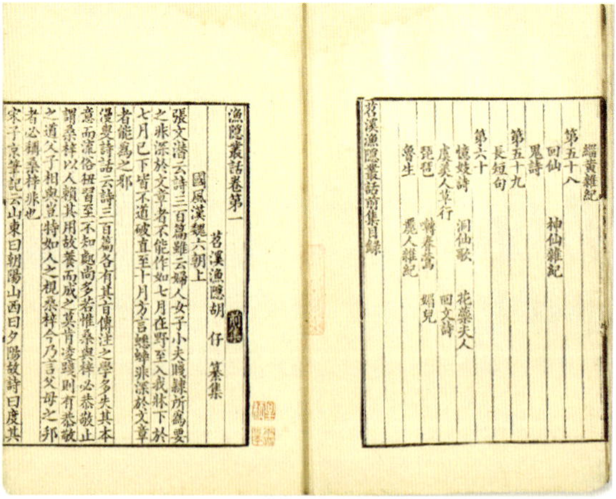
緗黃雜紀
第五十八
回仙　神仙雜紀
鬼詩
第五十九
長短句
第六十
憶妓詩　洞仙歌　花蘂夫人
虞美人草行　回文詩
琵琶　轉春鶯　媚兒
曾生　羈人雜紀
苕溪漁隱叢話前集目錄

漁隱叢話卷第一
苕溪漁隱胡　仔　纂集
國風漢魏六朝上
張文潛云詩三百篇雖云婦人女子小夫賤隸所爲要之非深於文章者不能作如七月在野至入我牀下於七月已下皆不道破直至十月方言蟋蟀非深於文章者能爲之邪
漫叟詩話云詩三百篇各有其旨傳注之學多失其本意而流俗相習至不知鄙尚多若惟桑與梓必恭敬止謂桑梓以人賴其用故養而成之莫肯淩踐則有恭敬之道父子相與豈特如人之視桑梓今乃言父母之邦者必稱桑梓非也
宋子京筆記云山東曰朝陽山西曰夕陽故詩曰度其

《苕溪渔隐丛话》书影

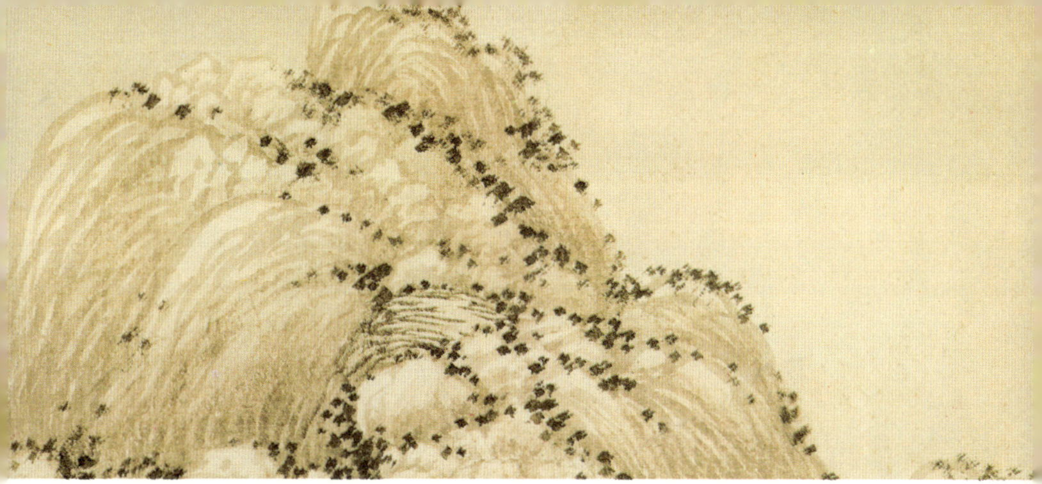

嬉笑怒骂皆文章——讽喻诗话

讽喻本身有两层含义，一是作为一种修辞手法存在，二是作为一种语言方式存在。上古时期，有「美刺」说，所谓「刺」，便指揭露现实、批判现实，这是中国古代诗歌的一种社会功能，是中国古代诗歌的优良传统。诗歌中讽喻的目的有许多种，谴责、启示、明理等皆可表达。讽喻诗，顾名思义便可彰显其志：反映国事民生，在政治上起到「美刺」作用，体现出对社会、对政治、对人民的强烈正义感和责任感。历代诗话中，亦不乏对讽喻诗歌的阐述与记载。

吹皱一池春水

“风乍起，吹皱一池春水。”又作红罗亭子，四面栽红梅花，作艳曲歌之。韩熙载和云：“桃李不须夸烂漫，已输了春风一半。”时淮南已归周。

——（清）王士祯《五代诗话》

上文中所说的“风乍起，吹皱一池春水”之句，出自南唐宰相、著名词人冯延巳的词作《谒金门》。南唐中主李璟曾开玩笑地问冯延巳：“吹皱一池春水，干卿何事？”延巳回答：“未如陛下‘小楼吹彻玉笙寒’。”李璟龙颜大悦。李璟也是一位才情横溢的词人。这段诙谐的对话，说明李璟对此词赞叹之情溢于言表。“风乍起，吹皱一池春水”是这首词的头一句，也是全词最精彩的一句。一个“皱”字将春风在水面上拂起细微波纹的景色写活了。冯延巳这里是以景寓情，以春水被吹皱来形容少妇的思绪荡漾。

《重屏会棋图》周文矩（五代）

图中描绘的是南唐中主李璟与弟弟景遂、景达、景过会棋的情景。李璟头戴高帽，手持盘盒，居中观棋，而对弈者是景达和景过。

后来南唐后主李煜曾经在百花之中筑起亭子，用红罗作帷幕，拿玳瑁签别起来，四面栽种红梅花。亭子十分华丽，却很狭小，仅能容纳两个人，李煜就和小周后在里面饮酒作乐，写下了不少艳曲。当时的朝臣韩熙载也作诗相和道："桃李不须夸烂漫，已输了春风一半。"此时，淮南已为后周所占。

南唐为五代十国的十国之一，定都金陵，历时仅仅 39 年，共经历先主李昪、中主李璟与后主李煜三位帝王。李璟主政时期，后周三度入侵南唐，导致南唐军一溃千里，淮河水军全军覆没。冯延巳"风乍起，吹皱一池春水"一句虽是写景，以烘托词中女子的烦愁，但或许作者另有寄托，否则也不会受到中主李璟的责备。而后主李煜，善诗文，工书画，知音律，但不通政治，在国势不利的境地中居然还修葺亭台、醉心歌赋。因此引朝臣韩熙载忧心忡忡，作诗相和"桃李不须夸烂漫，已输了春风一半"，意在讽喻后主，如

《韩熙载夜宴图》【局部】顾闳中（五代）

今旧时领土淮南已归后周所有，已经输了半壁江山。

王士祯《五代诗话》中所载此则诗话，本出自《江邻几杂志》，其中所引“桃李不须夸烂漫，已输了春风一半”一句诗文虽出自五代，但却非韩熙载所作，而是出自潘佑之手。潘佑在南唐时累官虞部员外郎与内史舍人，力图挽救危难时局，却因屡屡议论时政，令后主李煜怒，遣使收之，潘佑因此自杀。

此诗之所以误传为韩熙载所作，亦有深层原因：一是韩熙载与潘佑一样，对朝中大事，或驳正失礼之处，或指摘批评弊端，章疏接连不断，引起朝中权要的极大忌恨与不满；二是后周进攻淮南时，李璟派陈觉为监军使，率大军抵御后周，而韩熙载知陈觉才能有限，坚决反对，而李璟不为所动，最终为南唐军事的惨败付出了代价；三是韩熙载晚年时，因政治抱负与理想悉数破灭，便纵情声色犬马，再不上朝。后主李煜想拜其为相，但又恐北人南迁的韩熙载对南唐存有二心，便派画师顾闳中、周文矩等人入韩府打探。之后二人各绘制一幅图送给后主李煜，李煜看画之后，对韩熙载的戒心少了几分，而顾闳中所绘的《韩熙载夜宴图》亦成为传世佳作。值得一提的是，《韩熙载夜宴图》流传千年后，被国画大师张大千重金买下，其欲移居异国时，将此画留在了国内。张大千辞别此画前，特意刻“天上人间”印章一枚，取自后主词“落花流水春去也，天上人间”，意指“无限江山，别时容易见时难”，又为《韩熙载

夜宴图》增添几分传奇色彩。

总而言之，人们更愿意相信，面对国势如山倒的末世景象，“桃李不须夸烂漫，已输了春风一半”也是韩熙载心中所念的。因此，诗话中将此句归于韩熙载，也便不足为奇了。诗中描述江南春天中桃李盛开的景象，但诗人却无心赏景，而是为桃李的命运担忧：料峭春寒中风袭来，桃花李花已经凋谢一半，这与南唐类似，淮河以南长江以北的大片土地被后周占据，也几乎是南唐整个领土的一半了。虽是讽喻诗，却细致入微地刻画了南唐的风致，语言毫无琦香绮丽之感，只有亡国之感，令人深思。

桃花犬歌惩浮俗

淳化中，合州贡桃花犬，甚小而性急，常驯扰于御榻之侧。每坐朝，犬必掉尾先吠，人乃肃然。太宗不豫，此犬不食。及上仙，号呼涕泗，瘦瘠。章圣初即位，左右引令前导，呜吠徘徊，意若不忍。章圣令谕以奉陵，即摇尾饮食如故。诏造大铁笼，施素裀，置卤簿中，行路见者流涕。李至作《桃花犬歌》以寄史官钱若水，末句云："白鱼赤雁且勿书，愿君书此惩浮俗。"

——（宋）佚名《古今诗话》

《古今诗话》中所言的《桃花犬歌》乃是宋朝李至所作的《呈修史钱侍郎桃花犬歌》："宫中有犬桃花名，绛缯围颈悬金铃。先皇为爱驯且异，指顾之间知上意。珠帘未卷扇未开，桃花摇尾常先至。夜静不离香砌眠，朝饥只傍御床餧。彩云路熟不劳牵，瑶草风微有时吠。无何轩后铸鼎成，忽遗弓剑弃寰瀛。迢迢松阙伊川上，远逐龙輴十数程。两眦涟涟似垂泪，骨见寒毛顿憔悴。万人见者俱伤心，微物感恩犹若是。韩卢备猎何足嘉，西旅充庭岂为瑞？闻君奉诏修实录，一字为褒应不曲。白鱼赤雁且勿书，愿君书此惩浮俗。”

据《古今诗话》所载，宋太宗淳化年中（990—994），合州（今重庆合川）向朝廷进贡了一只“桃花犬”。此犬身型甚小，性情却急，常在御床前摇头摆尾，甚得宋太宗的喜爱。每当太宗上朝的时候，桃花犬会先跑出来，摇摇尾巴叫一声，于是满堂大臣便会肃静下来。太宗生病时，桃花犬居然不肯进食；后来太宗病逝，桃花犬呜咽哀嚎，骨瘦如柴。当时真宗刚刚即位，宫人引领桃花犬来到真宗面前。不料桃花犬竟哀号徘徊，不愿离开太宗。于是真宗下旨，令桃花犬去守太宗的皇陵。桃花犬竟因此高兴摇尾，饮食如故。真宗下诏令工匠打造大铁笼，以白色绢帛装裹，将桃花犬置于笼中，安放在奉守宋太宗陵寝的仪阵中。很多人见了不禁泪如雨下。

李至因此作《呈修史钱侍郎桃花犬歌》，希望侍郎钱若水修皇朝实录时，记录下此桃花犬的忠贞。但诗的最后一句“白鱼赤雁且勿书，愿君书此惩浮俗”，是以桃花犬来讽喻世上浮躁势力之人，以期遏制为臣不忠的末世风气。也正因如此，此诗才被诗论者录入《古今诗话》中，以桃花犬的忠贞讽劝世上的“浮俗”之人。

《十骏犬图》（之一）郎世宁（清）

世间多少闲花草

讽世语最蕴藉者，某《游春》云："地湿莎青雨后天，桃花红近竹林边。游人本是农桑客，记得春深要种田。"《咏桑》云："采采东风叶满篮，御寒功已在春蚕。世间多少闲花草，无补生民亦自惭。"《雨中作》云："布被装棉梦黯然，晓看遥岫锁轻烟。蹇驴尽避当风马，也有香泥湿锦鞯。"

——（清）袁枚《随园诗话》

讽喻诗因为起到经世致用、针砭时弊之效，往往语意露白，略略有失诗歌的含蓄之美。不过在讽喻诗作中，也有情在其内，隐藏而不外露的佳作，读之蕴藉风流。清人袁枚在《随园诗话》中所记：劝讽世情而语言又最为含蓄蕴藉的诗篇，如《游春》："地湿莎青雨后天，桃花红近竹林边。游人本是农桑客，记得春深要种田。"又如《咏桑》："采采东风叶满篮，御寒功已在春蚕。世间多少闲花草，无补生民亦自惭。"又如《雨中作》："布被装棉梦黯然，晓看遥岫

锁轻烟。蹇驴尽避当风马，也有香泥湿锦鞯。”

袁枚文中所载《游春》应为《宋氏林亭》，作者是晚唐诗人薛能。《唐才子传》载：“能，字太拙，汾州人（今山西汾阳一带）。”“仕宦显达，官至工部尚书。时人称其“诗古赋纵横，令人畏后生。”此诗前两句描写春天的美丽景色：春雨过后，泥土湿润，百草泛青，青翠的竹林边桃花红遍，竹林、青草的绿与桃花的鲜艳红润对比强烈，俨然是一派春光美景。行人面对这般美景，理应目不暇接。然而，这位行人却是种田的农人，根本没有闲情逸致去欣赏如斯春光，只知道已到了春耕时分应当尽快下田。此诗上、下两句犹如两幅反差极大的画。薛能所叹息的是春天虽然无限美好，但只属于那些衣食无忧的闲人，而非整日为生计奔波的农人能享。短短 28 字，既描绘了明媚春光，又抒发了对耕作劳苦之人的理解与同情，可称得上是一篇佳作。

《咏桑》一诗原作者已不可考，属歌咏桑树的咏物诗篇。首句写农人在东

《采桑图》黄增（清）

风中采集桑叶，次句描述桑叶的功用：蚕食桑叶之后吐丝，尔后人们用蚕丝制作冬衣御寒。后两句赞美桑树有补生民的价值，以至于无甚作用的闲花野草暗暗“自惭”。桑树在《诗经》中即有记载，原产中国中部，叶为春蚕饲料，木材可制器具，枝条可编箩筐，桑皮可作造纸原料，其果实桑葚可供食用、酿酒，叶、果和根皮可入药。因桑有诸多价值，故而被人喜爱、歌颂。诗人以功用价值来评判花草树木，桑树有补生民，而其他许多花草只是“闲”在一旁，无甚功用，与桑树相比，只得自惭形秽。用“闲花草”与桑树作比，更显桑树之品格高尚。此“闲花草”也是讽喻世间徒有其表之人。

《雨中作》一诗原作者亦不可考，诗中流露出浓厚的身世之感。首句“布被装棉梦黯然”描述自己的心境，“梦黯然”一词，可见时运不济壮志难酬之悲；次句则写眼中景：清晨，远处的山洞中轻烟袅袅，写尽清静美好之态；第三、四句则是抒发人生的态度，诗人将其深邃的体验写在诗中：跛足而行的驴子应该避开疾驰如飞的骏马，也会有芬芳的泥土打湿锦制的鞍鞯。蹇驴在诗中比喻驽钝（愚笨迟钝）的人，而风马则指春风得意才能出众的人物。驽钝之人不用羡慕聪慧之人所做的事，因为在自己的一片天空下，“也有香泥湿锦鞯”。

袁枚所举的《游春》、《咏桑》、《雨中作》这三首诗，其“若隐若现，欲露不露，反复缠绵”的表现方法，显然强于其他直白显露的讽喻诗作，也因此得到诗人的推崇赞赏。从中也可看出，在袁枚对诗歌的评判标准中，内敛、平静、重意境、言有尽而意无穷的蕴藉含蓄美是其中最重要的一项。

体物精微寓寄托——体物诗话

「体物」是中国美学中区别于意境、神韵的另一种重要观念。所谓「体物」，是指诗人以精细生动的笔触来描摹事物的本真形象，不仅对写作对象进行客观特征的描述，而且在创作过程中赋予其生命感。陆机在《文赋》中言「诗缘情而绮靡，赋体物而浏亮」，认为诗赋应符合抒情、状物这两种要求，此亦是文学创作最主要的两种表现方法。体物之工，在于「精微」，这不仅仅指以细腻的笔触进行刻画，曲写毫芥，更在于作者以自然之笔触，呈现所描绘歌咏事物的独特形状。体物可分为两层境界：第一层以追求形似为主，对物态的描摹极尽之能事，而传神造境则力有不足；第二层则是托物寓意传情，兼有境界之功。

桑之沃若桃之夭

苏子瞻谓“桑之未落，其叶沃若”，体物之工，非“沃若”不足以言桑，非桑不足以当“沃若”，固也。然得物态，未得物理。“桃之夭夭，其叶蓁蓁”，“灼灼其华”，“有蒉其实”，乃穷物理。夭夭者，桃之稚者也。桃至拱把以上，则液流稚结，花不荣，叶不盛，实不蕃。小树弱枝，婀娜妍茂为有加耳。

——（清）王夫之《姜斋诗话》

王夫之（1619—1692），字而农，号姜斋，明末清初的思想家。《姜斋诗话》是王夫之重要的诗歌理论著作，有着极为丰富的思想内容与理论价值。他强调诗歌必须重情重意，情景交融，认为“含情而能达，会景而生心，体物而得神，则自有灵通之句，参化工之妙”。《姜斋诗话》所载苏轼之语出自《评诗人写物》：“诗人有写物之功：‘桑之未落，其叶沃若。’他木殆不可以当此。”从文中可得知，苏轼亦秉持诗要传客观物象之神的观点，认为《诗经·卫风·氓》中“桑之未落，其叶沃若”，非“沃若”二字不足以形容桑树，非桑树不足以当得起“沃若”二字。而以桑葚之饱满、桑叶之肥沃，用以比喻女子的年轻貌美十分恰当。

王夫之像

但王夫之则认为，苏轼此言只从物态上研究，未明其物理，体物不光要从物态入手，更要体味其内在之“理”。如《诗经·周南·桃夭》：“桃之夭夭，灼灼其华。之子于归，宜其室家。桃之夭夭，有蕡其实。之子于归，宜其家室。桃之夭夭，其叶蓁蓁。之子于归，宜其家人。”是从事物内在规律的次序入手来歌咏桃花。孔颖达为《诗经》作疏时曰：“夭夭，言桃之少；灼灼，言华之盛。桃或少而不华，或华而不少，此诗夭夭灼灼并言之，则是少而有华者。故辨之言桃有华之盛者，由桃少故华盛，比喻此女少而色盛也。”姚际恒《诗经通论》云：“桃花色最艳，故以取喻女子，开千古词赋咏美人之祖。”桃“少而不华”或“华而不少”皆不是最美好的状态，唯有“夭夭”之时，才是“小树弱枝，婀娜妍茂”的时刻。因此，《桃夭》以稚桃比喻美丽的女子，便是应了王夫之所言的“得物理”，选取了桃树稚嫩时期进行渲染，用以比喻“宜室宜家”的新嫁娘。朱熹曰：“桃之有华，正婚姻之时也。”“桃之夭夭，其叶蓁蓁”，“灼灼其华”，“有蕡其实”对描述正当好年华的女子起到了很好的烘托作用。《桃夭》之所以流传后世，成为街头小儿皆可朗诵的不朽名篇，与其成功的体物塑形分不开。

初骑竹马咏芭蕉

路德延，儋州岩相之侄。少日《咏芭蕉诗》云："一种灵苗异，天然体性虚。叶如斜界纸，心似倒抽书。"为时所称。及岩废黜，遂不复振，屡举不第。赋诗云："初骑竹马咏芭蕉，曾忝名公诵满朝。五字便容登要路，一枝还许折青霄。岂知流落萍蓬远，不觉蹉跎岁月遥。国计未宁身未遇，窜身江海混渔樵。"自述其不得志也。晚依朱友宁，赋《孩儿》诗一百韵。或谗于友宁，谓以孩童喻之，竟以搬祸。然诗多佳句，如"共指云生岫，齐呼月上天"，曲尽儿嬉这状。又云："项橐为师日，甘罗拜相年。"亦有劝勉之意。但末句云："明时方重德，劝尔减狂颠。"诚若讥之矣。

——（明）瞿佑《归田诗话》

唐朝诗人路德延是儋州路岩相的侄子，九岁便能作诗，可谓神童。他少年时曾作《咏芭蕉》一诗："一种灵苗异，天然体性虚。叶如斜界纸，心似倒抽书。"芭蕉的叶子如斜着裁剪的纸，而芭蕉心又如倒着抽出来的书，幼年的路德延对芭蕉的状物描绘精准到位，令时人惊奇。可惜叔父路岩相在儋州获罪，路德延受其连累而屡试不第。他为此又作了一首《感怀芭蕉》，诗中写道：“初骑竹马咏芭蕉，尝忝名卿咏满朝。五字便容登要路，一枝还许折青霄。岂知流落萍蓬远，不觉蹉跎岁月遥。国计未宁身未遇，窜身江海混渔樵。”他是借咏芭蕉来言说自己生平的不得志，感慨时光匆匆而自己前路渺茫，一事无成。光化（898—901）初年，路德延参加科考终于得中，几年后，他被任命为左拾遗，不过是正八品的小官。晚年时，路德延为河中节度使朱友谦所用，可偏偏又恃才放旷作诗讥讽，因作了一首百韵的《孩儿诗》而得罪了朱友谦，再加上旁人乘机挑拨，终于因此罹祸被投入黄河中溺死。

古典园林中的芭蕉

而导致他命丧黄河的《孩儿诗》却亦被诗论者称颂，《太平广记》的作者，宋代的李昉对此有“诗实佳作也。尔后虽继有和者，皆去德延远矣”这样的评价，认为后来人写此诗均不及路德延。元末明初的文学家瞿佑也认为，“共指云生岫，齐呼月上天”一句是对孩童嬉戏状态最好的描摹；惜乎路德延遭此不测，但其诗文以体物之工，描摹之精为诗论者所喜，也算是对其不幸身世的一种补偿了。

赌输罚作松声诗

王文公居钟山，尝与薛处士棋，赌《梅诗》，输一首，曰："华发寻香始见梅，一枝临路雪培堆。凤城南陌他年忆，杳杳难随驿使来。"又尝与俞秀老至报宁，公方假寐，秀老私跨公驴，入法云谒宝觉禅师，公知之。有顷，秀老至，公佯睡，睡起，遣秀老下阶曰："为僧子乃敢盗跨吾驴！"秀老叩头，愿有以自赎其罪，寺僧亦为之解劝。公徐曰："罚《松声诗》一首。"秀老立就，其词极佳，山中人忘之，予为补曰："万壑摇苍烟，百滩度流水。下有跨驴人，萧萧吹醉耳。"

——（北宋）惠洪《冷斋夜话》

《冷斋夜话》的作者为北宋著名诗僧惠洪，其著有《冷斋夜话》10卷，主要论诗，间杂传闻琐事。论诗多引苏、黄等人论点，引黄庭坚语尤多，而记事杂有假托伪造之迹，此则诗话亦如是。虽未知真

《山路松声图》唐寅（明）

伪，却妙趣横生。

据北宋僧人惠洪《冷斋夜话》所载，王安石在钟山时，曾经与薛处士下棋，约定输棋者作《梅诗》一首。王安石输了棋，于是作诗曰："华发寻香始见梅，一枝临路雪培堆。凤城南陌他年忆，杳杳难随驿使来。"输者作《梅诗》一首，此为文人的雅赌。此诗原题《与薛肇明弈棋赌梅花诗输一首》，可知惠洪所记载的赌诗确有其事。王安石的咏梅诗为应景之作，若非平日体物精深，断不能在短时间内作此诗，末句引南北朝诗人陆凯《赠范晔》中“江南无所有，聊赠一枝春”的典故，更添色彩。

而俞秀老作诗则更富于戏剧色彩。俞秀老乃是金华人俞紫芝。王安石晚年居江宁，自称“门下多佳客”，俞紫芝与其弟俞子中颇得赏识。俞秀老写的诗气质不凡，意境高远，但最初不大为人所知。后来，王安石把俞秀老的一句诗“有时俗事不称意，无限好山都上心”写在了自己的扇子上，这才让众人对俞秀老敬重有加。有一次，王安石与俞秀老去报宁。王安石假装睡着，俞秀老便偷偷骑着王安石的驴子，入法云寺拜谒宝觉禅师。不一会儿，俞秀老回来，王安石又假装刚刚睡起，一把抓住俞秀老说：“你身为一个僧人，居然敢偷偷骑走我的驴？”俞秀老连忙叩头道歉愿意受罚，寺中的僧人也帮忙从中劝解。于是王安石慢慢说道：“罚你作《松声诗》一首。”俞秀老出口成章，顷刻便写出一首，词句极佳：“万壑摇苍烟，百滩度流水。下有跨驴人，萧萧吹醉耳。”诗中并未对松多做描述，而是通过对松生长环境的状物描摹，显示出“跨驴人”被松风吹醉的自得其乐。此诗因属急智诗类型，便显得尤为难得。但结合历史来看，事实定不如此，据《苕溪渔隐诗话·俞清老秀老》记载：“荆公尝云：‘暮年要得君携手，处处相烦作好歌。’”此处之“君”便是俞紫芝，王安石对其的看重推崇可见一斑，如俞紫芝这样的高士，怎会被王安石阶下诘问？因此，“大抵惠洪多谈《冷斋夜话》中数事，皆妄。”惠洪只是托言俞紫芝，来烘托出《松声诗》之体物高妙。虽是惠洪假托，但这个故事却得以流传，为后人所喜。也令体物的诗话不再是单纯的研究分析，而更多了一些故事性与趣味性。

大珠小珠落玉盘——声律诗话

与其他语言不同，汉字单音节，有声律，诗歌是语言的艺术，中国古代对诗歌与骈文在声调、音律、格律等方面，皆有严格的要求。刘勰在《文心雕龙·声律》一篇，讲声调和韵律的运用。「声」，指语言的声调，是汉字的音值和音色，阴平和阳平为平声，上声和去声为仄声；「律」，指语言的韵律，即是以韵母相同或主要元音和韵味相同的字放在句末押韵，以产生声音回环之效，二者共同构成语言的和谐之美。

唐寅服善巧换字

余访唐子畏于城西之桃花庵别业。子畏作山水小笔，遂题一绝句于其上云："青藜拄杖寻诗处，多在平桥绿树中。红叶没胫人不到，野棠花落一溪风。"余曰："诗固佳，但恐'胫'字押平声未稳。"子畏谓我何据，余曰："老杜有'黄独无苗山雪盛，短衣数挽不掩胫'。"子畏跃然曰："几误矣！"遂改"红叶没鞋人不到"。吁！子畏之服善也如此。与世之强辨饰非者，殆径庭矣。

——（明）俞弁《逸老堂诗话》

古人看重声律，以杜甫为最。后人赞杜甫诗歌"沉郁顿挫"，其中"沉郁"指其诗歌内容广博深远，意境雄浑，感情深沉；"顿挫"除了指诗歌表情达意抑扬跌宕之外，更指声调起伏迭变。后世诗人每有声律之思，常以杜甫为例。

明人俞弁曾去城西桃花庵别业探访唐子畏。唐子畏画了一幅山

红叶秋山

水画，题写一绝句于画上，云：“青藜拄杖寻诗处，多在平桥绿树中。红叶没胫人不到，野棠花落一溪风。”俞弁以为诗句虽然好，但“胫”字押平声未稳。唐子畏追问俞弁有何依据，其曰：“杜甫有诗：黄独无苗山雪盛，短衣数挽不掩胫。”唐子畏顿悟，惊呼自己的绝句险些不和韵，于是改为“红叶没鞋人不到”。俞弁感慨唐子畏之从善如流，与世上那些强辩饰非的人大不相同。

唐子畏即明代著名的诗人唐寅，在其题画诗中，将“红叶没胫人不到”的“胫”押为平声，实则是仄声字。俞弁告之，唐寅并不信，直到俞弁举出杜甫的例子，方使唐寅恍然大悟。“黄独无苗山雪盛，短衣数挽不掩胫”一句出自杜甫《乾元中寓居同谷县作歌七首》，又名《同谷七歌》或《七歌》。此诗具有强烈的抒情感染力，历来被视作杜甫诗歌中闪耀着卓异光彩的重要作品。历代诗论者多从其内容与抒情性入手进行解读，如肖涤非《杜甫诗选注》曰“长歌可以当哭”，仇兆鳌《杜诗详注》曰“奇崛雄深的绝唱”，冯至《杜甫传》曰“响彻云霄的悲歌”等，但俞弁却独独关注诗歌声律。可见杜甫在声律上的艺术经验被后世诗人广泛肯定，足以令唐寅这样的才子叹服。

俞弁《逸老堂诗话》中短短一则，却有丰富的内容：一则可看出唐寅之雅趣，在桃花庵别业作山水小画，题诗绝句；二则可见杜甫在诗歌声律方面的影响，被后世文人视为典范；三则是唐寅并不因自己诗名在外而自高自大，尚可听取他人意见，无强辩饰非之举。短短一则，却言简义丰，留于后世品读。

双声叠韵音律谐

谢灵运有“蘋苹泛沈深，菰蒲冒清浅”，上句双声叠韵，下句叠韵双声。后人如杜少陵“卑枝低结子，接叶暗巢莺”，杜荀鹤“胡卢杓酌春浓酒，舴艋舟流夜涨滩”，温庭筠“废砌翳薜荔，枯湖无菰蒲”，“老媪宝藁草，愚夫输逋租”，皆出于叠韵，不若灵运之工也。

——（宋）吴聿《观林诗话》

诗歌的声律是一种艺术之美，古人极其看重，亦屡屡在诗中构建出奇妙的声律之美。诗人们奇妙构思，以增诗句之工，其中，双声、叠韵在诗歌创作中皆较为常见。

吴聿说，东晋诗人谢灵运诗中有“蘋苹泛沈深，菰蒲冒清浅”一句，上句“蘋苹”与“沈深”为先双声后叠韵，下句“菰蒲”“清浅”为先叠韵后双声。后世诗人如杜甫的“卑枝低结子，接叶暗巢莺”，杜荀鹤的“胡卢杓酌春浓酒，舴艋舟流夜涨滩”，温庭筠的

《庐山观莲图》上官周（清）

此图描绘了东晋僧人慧远于庐山结社，与当时文人交往的情景。图中央端坐的人就是谢灵运。

“废砌翳薜荔，枯湖无菰蒲”与“老媪宝藁草，愚夫输逋租”，也都是叠韵，但没有一个能比得上谢灵运诗的工整。

所谓“双声叠韵”，古人认为一个双音节词中的两个字的“反切”上字相同，必为双声，而“反切”之下一字与所切之字相同，则是叠韵。以现代汉语解释，就是一个双音节词中的两个字的汉语拼音的声母相同，是为双声；而汉语拼音中韵母相同的字便可构成叠韵。谢灵运“蘋苹泛沈深，菰蒲冒清浅”句出自《从斤竹涧越岭溪行》一诗，上句“蘋苹”为双声，皆为同一声部，“沈深”为叠韵，皆为同一韵部；下句“菰蒲”为叠韵，皆为同一韵部，“清浅”为双声，皆为同一声部。杜甫《陪郑广文游何将军山林》中“卑枝低结子，接叶暗巢莺”一句，“卑枝”、“接叶”为叠韵；杜荀鹤《戏赠渔家》中“胡卢杓酌春浓酒，舴艋舟流夜涨滩”一句，“胡卢”为叠韵；至温庭筠《题贺知章故居叠韵作》一诗，全诗四句，每句每字皆叠韵，足见诗人对声律之熟稔。

谢灵运所处的东晋尚无对诗歌语音声律方面的论说，但他所作《十四音训叙》，让时人认识到梵文字母的拼音原理，并将之与汉语作比较，使得人们对汉语语音有了新的认识。后来，周颙等人根据谢灵运的《十四音训叙》，将梵文字母的拼合原理应用于汉语，把汉字的声调归纳为“平、上、去、入”四声。可以说，谢灵运为“四声论”的出现准备了理论前提。不光如此，谢灵运的诗歌中已出现一些入律诗句，在诗歌创作上追求一种语言上的音律和谐，焦竑言其“离质木之音，而任宫商之巧”，开永明诗歌声律之先河。因此，吴聿赞其叠韵诗句流丽工整，也便有迹可循了。

吴聿在《观林诗话》中以谢灵运、杜甫、杜荀鹤、温庭筠为例，杜甫在诗歌声律方面的考究已人尽皆知，而谢灵运与温庭筠在诗歌格律方面亦有所长。唐五代诗人温庭筠，是花间词派最重要的作家之一。其人精通音律，在诗词中皆重视婉转和谐的声音美学。

格律与情性

有音节，然皆限于字数，求之不难。惟乐府长短句，初无定数，最难调叠。然亦有自然之声，古所谓声依永者。谓有长短之节，非徒永也，故随其长短，皆可以播之律吕，而其太长太短之无节者，则不足以为乐。今泥古诗之成声，平侧短长，句句字字，摹仿而不敢失，非惟格调有限，亦无以发人之情性。若往复讽咏，久而自有所得，得于心而发之乎声，则虽千变尤化，如珠之走盘，自不越乎法度之外矣。如李太白《远别离》，杜子美《桃竹杖》，皆极其操纵，易尝按古人声调？而和顺委曲乃如此。固初学所未到，然学而未至乎是，亦未可与言诗也。

——（明）李东阳《怀麓堂诗话》

诗歌是世界上最古老、最基本的文学形式，亦是一种阐述心灵的文学体裁。这当然需要诗人们掌握成熟的艺术技巧，并按照一定的音节、声调和韵律的要求，用凝练的语言、充沛的情感以及丰富的意象来进行诗歌创作。于诗歌而言，声律的重要性不言而喻，因此，亦有诗人泥古成风，对古人声律亦步亦趋，不敢越半分。对于这种矫枉过正的创作态度，明代李东阳在其《怀麓堂诗话》中给予了评判。

李东阳像

李东阳（1447—1516），字宾之，号西涯，湖广长沙府茶陵州（今湖南茶陵）人，明朝中叶重臣，文学家，书法家，被公认为是“弘治、正德之间为一时宗匠，陶铸天下之士”。李东阳工古文，称雄一世，但更爱作诗，据他自己说，已近于癖，谓“平生抱诗癖，虽病不能止”。他认为，自己咏诗的水平要更高，至少是更自如。其实，李东阳的文学理论应该比他的其他作品更值得一提。

李东阳认为，古代律诗有严格的音节限制，单因为限于字数，所以作律诗并非难事。唯独词长短不一，字无定数，最难调叠，但也有自然之声。古人所谓“声依永”，即是乐声之高低抑扬要随着歌咏而变化。因此，长短句无固定节奏，随其长短，皆可配其音律，而太长或太短的“无节”诗，则“不足以为乐”。今人泥古诗歌，声调的平仄、诗句的短长，句句字字模仿古人，不敢有一丁点的冒失，结果诗作已不是发乎性情的作品。若从心所欲发乎心声去做诗，则虽有千变万化，也如珠之走盘，自然不会越过法度之外的。如李白的《远别离》，杜子美的《桃竹杖》，皆是如此。这两首诗都是乐府诗，列在杂曲歌辞中，历来得名家赞叹。

李白的《远别离》通过娥皇、女英二妃和舜帝生离死别的故事，表现了远别离的悲哀，隐晦地表达出诗人对唐王朝前途的忧虑。

“远别离，古有皇英之二女，乃在洞庭之南，潇湘之浦。海水直下万里深，谁人不言此离苦？日惨惨兮云冥冥，猩猩啼烟兮鬼啸雨。我纵言之将何补？皇穹窃恐不照余之忠诚，雷凭凭兮欲吼怒。尧舜当之亦禅禹。君失臣兮龙为鱼，权归臣兮鼠变虎。或云：尧幽囚，舜野死。九疑联绵皆相似，重瞳孤坟竟何是？帝子泣兮绿云间，随风波兮去无还。恸哭兮远望，见苍梧之深山。苍梧山崩湘水绝，竹上之泪乃可灭。”

清人翁方纲在《小石帆亭诗话》中言：“太白《远别离》一篇极尽迷离，不独以玄、肃父子事难显言，盖诗家变幻至此，若一说煞，反无归著处也。”王夫之称赞李白《远别离》“通篇乐府，一字不入古诗。如一匹蜀锦，中间固不容一尺吴练。”

杜甫的《桃竹杖》全名叫《桃竹杖引赠章留后》，作于763年冬。

“江心蟠石生桃竹，苍波喷浸尺度足。斩根削皮如紫玉，江妃水仙惜不得。梓潼使君开一束，满堂宾客皆叹息。怜我老病赠两茎，出入爪甲铿有声。老夫复欲东南征，乘涛鼓枻白帝城。路幽必为鬼神夺，拔剑或与蛟龙争。重为告曰：杖兮杖兮，尔之生也甚正直，慎勿见水踊跃学变化为龙。使我不得尔之扶持，灭迹于君山湖上之青峰。噫！风

明刻《百美图》中的娥皇女英

洞庭湖君山上的湘妃祠（图片提供：微图）

尘澒洞兮豺虎咬人，忽失双杖兮吾将曷从。”

清人施补华所撰《岘佣说诗》中说：“《桃竹杖引》戒章留后之不臣，词意危迫；然章法离奇，似《离骚》之辞，初学不可轻效。”沈德潜在《杜诗偶评》中评价这首诗“字字腾掷跳跃，何等笔力”。可见诗论者对此二首诗的赞赏，多是强调其固守乐府的风格规定性，高不杂卑。

唐人作乐府古题不按古人声律，好过后世诸诗人的亦步亦趋。诗歌本是吟咏情性的作品，如果限制以句调，便已不是诗。李东阳重视诗的声律法度，因为这是诗的形式规定；但是，因为以“发人之情性”为诗的主旨，他又认为诗的真正原则是超越有限格调的，甚至推崇“极其操纵，不按古人声调”的李杜之作。

李东阳的这则声律诗话，不仅是批判那些对声律泥古的诗人，亦可形成对近体诗与古体诗的思考。以近体的形式进行古乐府的创作，使得乐府诗有规整的格律要求。这样固然可以增强乐府诗的声律之美，但其有限的体制与严格的声律却又束缚了作者对于客体的描写与情感的抒发。因此，对于这种形式的古体乐府诗歌创作，李东阳无疑使持否定意见的。